「こんな仕事
やってられるかってのー〜ー！
……ヒック」
戦場から帰ったその日、
私は真っ昼間から酔い潰れていた。
ジョッキを固く握りしめ、
動かない体をテーブルに乗せて突っ伏す。
と言っても今いるのは
寮の自室ではなく、もちろん
男どものいる宴会場でもない。
「マリーヌ〜、お肉まだ〜〜〜〜？」
「はいはい、今行くッス」
なりすまし聖女様の人生逆転計画
片沼ほとり
イラスト あさなや

「フロールの皆様、初めまして。この国を導きに参りました」
（ヤバいヤバいヤバい！マジでシャレにならないってこれ!!）
聖女召喚の儀

CONTENTS

Narisumashi SEIJOSAMA no
JINSEI GYAKUTEN Keikaku

ダッシュエックス文庫

なりすまし聖女様の人生逆転計画

片沼ほとり

Prologue プロローグ

Narisumashi SEIJOSAMA no JINSEI GYAKUTEN Keikaku

生まれてこの方、良くも悪くも常に目立ち続けてきたアリシアだったが、さすがに数千もの人々から注目を浴びるのは初めてだった。

「これより、聖女召喚の儀を開始する！」

フロール王国の宮殿に臨《のぞ》む大広場に、男の力強い声が響き渡った。広場の中央には大きな祭壇が設けられ、無数の民衆がそれを取り囲んでいる。

壇上から声を発するのは、国王であるフィルシオ・フロールだ。立派な顎鬚《あごひげ》を蓄えた顔立ちは凛々《りり》しく、それが王の在《あ》り方だというように、堂々たる様で人々を見下ろす。

「先日、我々はチェカロスト帝国からの侵略を受けた。強大な力を持つ帝国に対して我がフロール軍は、見事にこれを退《しりぞ》けた。中でも我々の心に残っているのはアリシアだろう」

その名前に反応し、大広場がにわかにざわめく。

「前線で魔術を振るい続けた彼女は、幾千もの敵を追い返し、最後まで国のために戦いながら散っていった。自《みずか》らの使命を全《まっと》うした彼女には、深い哀悼《あいとう》の意を表さなければならない」

民衆がごくりと唾《つば》を飲み込む。

アリシアの名は英雄として国民に知れ渡っていたが、軍では役職すら持っておらず、このような場で国王が取り上げるとは誰も思っていなかった。

――フィルシオは厳《おごそ》かな口調から一転、大きく声を張り上げる。

「我々はこの犠牲を無駄にしてはならない！　次の侵略に備えるため、我が国をより良いものとするため、今日ここに、神の遣《つか》いである聖女を召喚する！」

その言葉に合わせ、数人の魔術師が壇上へと上がった。祭壇に複雑な魔法陣を描き始める。

「すべては、神のお導きのままに」

フィルシオがそう言った瞬間、魔法陣がゆっくりと光りはじめた。

国王が、貴族が、さらには数えきれないほどの民衆が、息を呑みながら祭壇を見つめる。

そしてその光は……。

――突如《とつじょ》、視界を白く染める閃光に変わった。

同時に「ドォン！」と大きな爆発音が鳴り響き、そこから生じた白煙が広場を覆《おお》い尽くす。

「なんだ!?」「失敗か!?」「いや、これも魔術のうちだろ！」「あれは!?」

魔術をよく知らない民衆たちが口々に騒ぐ。魔術師たちやフィルシオさえもが驚きで目を見張る中、徐々に煙が空へと消え、視界が開けてくる。

そうして現れたのは――あまりに幻想的な美少女だった。

神々《こうごう》しさを感じさせるまばゆいブロンドヘア、サファイアのような瞳。整っていながらどこかあどけなさを残す目鼻立ち。

そんな美少女が、白く透明感のある神秘的な羽衣《はごろも》を身に纏《まと》い、ふわりと祭壇の上に浮いている。

誰もが言葉を失い、そして確信していた。彼女こそ――我々が待ち望んでいた聖女だと。

そんな民衆を見下ろしながら、聖女はスタリと祭壇へ降り立つ。なおもゆっくりと民衆を見渡した後、穏やかな微笑みを浮かべ、口を開いた。


「フロールの皆様、初めまして。この国を導きに参りました」


透き通った、心の洗われるような声が響く。

聖女が現れてからわずか十数秒。それでも民衆たちは、一人残らず心奪われていた。

「「「おおおおおおおおおおおおおおおっっっっっ!!!」」」

興奮した民衆たちが思わず声を上げる。その声の中には、「可愛い！」「美しい！」「嫁に来てくれー！」など不敬な雄叫《おたけ》びも少なからず含まれていた。

それでも渦中の美少女は、澄ました顔で喝采《かっさい》を受け止める。その姿はまるで、すべてを受け入れ包み込む聖母のように。

しかしその心のうちは——。

（ヤバいヤバいヤバい！　マジでシャレにならないってこれ!!）

——めちゃめちゃビビっていた。なんならちょっとお腹《なか》も痛い。数千人が自分を見て熱狂しているのだから当然だ。

それでも、一生懸命練習した澄まし顔は崩さない。絶対に崩してはいけない。

（ああもう、どうしてこんなことに……）

——アリシアが聖女になりすましていることなど、人々は知る由《よし》もなかったのだ。

第一章　女戦士アリシア、聖女になりすます

Narisumashi SEIJOSAMA no JINSEI GYAKUTEN Keikaku

カンカンカンと小太鼓の音が鳴り響く。朝だ。

……眠い。休みの日なら断固として二度寝を決め込むところだが、戦場ではそうもいかない。

地面に一枚だけ敷いた布から起き上がり、痛む背中をさする。寝間着とは程遠い軍服のシワを直しつつ、上着のフードを深く被《かぶ》り、私——アリシアはテントを出た。

鳥がさえずり、草木が香る。ここはフロール王国北部の森林地帯だ。

フロール王国は半島にあり、東・南・西が海に面している。北部は山地を境にチェカロスト帝国と接しており、今は帝国からの侵略を迎撃している真っ最中である。

シャキシャキと草を踏みしめながら木々の間を歩き、野営の本陣にたどり着いた。

開けた草原に百人を超える男たちが集まり、地べたに座って食事を摂《と》っている。ここが今回の戦争で私が所属する部隊。戦況は順調そのものなため、軍人たちの表情は晴れやかだ。

私は足音を殺しながら、地面に並べてあった食糧を手に取った。

無臭の乾パンと塩漬けの魚も今日で四日連続。ぶっちゃけ不味《まず》いしとっくに飽きている。

……男ばかりの戦場に話し相手なんていない。女だからという配慮で一人離れたところにテントを張っているが、それすら仲間外れにされてる感じがする。

いつも通りテントに戻って食べよう。そう思ったとき、馬の駆けてくる音が聞こえてきた。その馬は陣営の中心で止まる。

「ハルバー様がいらっしゃった！　総員集まれ！」

「「「はっ！」」」

隊長の呼びかけに応《こた》え、男たちが馬を囲んで片膝《ひざ》を地につける。私もしぶしぶそれに続き、馬にまたがる男――ハルバー・ラファングを見上げた。

燃えるような赤髪と鋭い目つきが特徴的な、見るからに若い男だ。馬に乗っているので当然とはいえ、自分より年上の部下たちを堂々たる様子で見下ろす。

大貴族ラファング家の次期当主で、胸に輝く勲章は元帥《げんすい》、すなわち軍のトップである証《あかし》。年齢だけならそう私と変わらないはずなのに、私のような下っ端《ぱ》とは大違いである。

ハルバーは私たちを見回すと、一つ咳払《せきばら》いをしてから口を開いた。

「これより軍令を下す。皆の者、よく聞きたまえ」

「はっ！　しかし、ハルバー様が直々《じきじき》にいらっしゃるとは、いかなる用事でしょうか」

力強い声で呼びかけるハルバーに隊長が尋《たず》ねた。もっともな疑問である。軍のトップがこんな最前線に出てくることは普通ないし、伝令なら下っ端《ぱ》を使えばいいだろう。

その問いに、ハルバーは隊長を一瞥《いちべつ》すると、わずかに間を置いてから言い放った。

「結論から言おう。本日までの作戦により、帝国軍のほとんどが撤退した。我々フロール王国の勝利は目前だ！」

「「「おおっ！」」」

その言葉に男たちがどっと沸いた。

まあ、別に驚くほどのことじゃない。強力な魔術師は前線に出てこなかったし、帝国にしてみれば小手調べだったんだろう。私は続く言葉を待つ。

「本部隊からは負傷者すら出なかったらしいな。みんなよく戦ってくれた」

「はっ、もったいないお言葉でございます」

隊長はハルバーにうやうやしく頭を下げ、男たちもそれに倣《なら》う。

なるほど、ハルバーが来たのはこのためか。元帥直々の言葉があれば軍の団結力も高まる。

だがそんなことはどうでもいい。私が欲しいのは別の言葉だ。

「我々フロール軍も順次撤退する。昼には揃《そろ》って王都に戻るぞ！」

「よっしゃ……！」

思わずガッツポーズをしてしまった。やった、帰れる！

帰れるといっても軍の寮に戻るだけで、ぼっち生活が続くことに変わりはない。それでも食堂があるし、部屋にはベッドも水浴び場もある。野営なんかより百倍マシだ。

周りの男たちも喜びの表情を浮かべているが、一番喜んでいるのは私だと自信を持って言える。さっさと帰って祝杯を上げたい。部屋で一人でだけど。

「ただし、だ」

しかしそこで、ハルバーは強く言葉を切った。

……嫌な予感がする。

「まだ敵兵が一部残存しているらしい。せいぜい百人程度だと報告されているが、帝国の撤退命令に逆らっていると考えられ、士気は高いだろう。そこでだ」

まずい。危機を察知してとっさに下を向いたが、周りからの視線をひしひしと感じる。

「アリシアよ、前へ」

うげっ。

顔を上げると、しっかりハルバーと目が合った。従うほかにない。

フードを外し、努めて無表情を保ちながらハルバーの前に出る。するとハルバーは愉快げに、嫌らしく口角を上げながら言った。

「アリシアよ、君には単騎出陣を命じる」

……あーあ、やっぱり。

内心でため息をつく。いつものことだ。

百人の敵兵に対し一人を向かわせる。まあこの際それはいいとしよう。別に勝てるし。

問題は、明らかに面倒事を押しつけられていることだ。

軍に入隊して三年近く、私の役割はずっとこんな感じ。カルト組織のガサ入れとか、地方に出没する盗賊の取り締まりとか、そういう厄介な仕事をいつも一人でやらされている。

「これはとても名誉なことだ。この戦争の総仕上げを一人で任されているのだから」

心にもないことを。ハルバーはまだマシで、周りの男たちは露骨にニヤニヤしている。

――訂正。わざわざハルバーがここに来たのは、私を晒《さら》し者にして楽しむためだ。一度ぬか喜びさせたところまで当然計算済みである。

「コウエイデゴザイマス。カナラズヤ、カミノオミチビキノママニ」

反抗と皮肉を込め、定型句をわざとらしいカタコトで返す。しかしこれもいつも通りなので、ハルバーはあっさり「よろしい」と言い捨て、男たちの方を向いた。

「我々は帰って祝勝会だ！　明後日からは王都で聖女召喚の儀の準備に回る。今日明日はたっぷり騒いでゆっくり休め！」

「「おおおおおっっっ！」」

男どもは一丸となって、私に見せつけるかのように盛り上がっていた。

ズルい、私も飲みたい。飲むならこいつらとじゃなくて一人がいいけど。

「……辞《や》めたいなあ、この仕事」

一身に受けた疎外感を噛みしめながら、私はすごすごと自分のテントに戻るのだった。

＊

「ハルバーめ……何が名誉よ……」

ハルバーたちを見送った後、私は恨み節をまき散らしながら敵陣営に向かっていた。

名誉なんてものを積み重ねたところで、そもそも孤児は役職に就《つ》けない。今回負傷者が出なかったのだって私のおかげだが、私の戦果が宮殿に報告されるのかも怪《あや》しいものだ。

——まあ、貧乏くじは今に始まったことじゃない。

私の人生はまず、親に捨てられるところから始まった。生後数日という状態で孤児院の前に放置されており、慌《あわ》てて保護されたのだとか。初っ端《しょぱな》からハードモードな人生だが、周りも似たようなものだから気にならなかった。ここまではいい。

何よりの問題は、私が他人より多くの魔力を持っていたことだ。

魔力の量は生まれつき決まっている。持つ人は二十歳《はたち》くらいまで成長していくらしいが、わずかな魔力しか持たない人が大多数とされる。

そして私は、周りより魔力の成長がちょっと、いやかなり早かった。

六歳にして私の魔力量は孤児院の先生たちを超え、八歳にして魔術の腕もトップ。オリジナル魔術を次々と編み出し、子供たちや先生に見せびらかしていた。

はじめはチヤホヤされていた幼き日の私が調子に乗ってしまうのも仕方がないことだ。こんなにすごい私を捨ててしまうなんて、両親はさぞかしアホだったのだろう、と。

ところがどっこい、アホは私だった。

何事にも限度がある。私にダメージを与えられる人間がいなくなった頃、みんな私のことを遠ざけ始めた。いつしか、誰も私に話しかけてくれなくなった。

私に羨望《せんぼう》や嫉妬の目を向ける子供もいれば、恐怖を露《あら》わにする大人もいた。まあ今思えば仕方ないとは思う。三重に防御魔術を纏《まと》って生活してたのは私くらいだったし。

そんな日々は、十六歳で軍に強制徴兵されてからも変わっていない。

凄腕《すごうで》魔術師なんていう鳴り物入りで軍に入った私は、実際すでに軍でもトップレベルの力を持っていた。軍人は育ちの良い男が多く、周りからは「孤児のくせに」「女のくせに」と蔑《さげす》みの目で見られ、差別はエスカレートしていく。

軍なら私の力も受け入れてくれるかも、という淡い希望はすぐに崩れ去った。ハルバーたちからの扱いもすっかり定着してしまったが、もう慣れた。

「……あー、やめやめ。さっさと終わらせて昼には帰ろう、そして飲もう」

敵陣営が見えてきたところで、私は頭をブンブン振って思考を切り替えた。情報通り約百人、開けた場所に全員が集まっている。

考えるのも面倒だ。私はフードを深く被って近づき、大声で呼びかけた。

「ちょっとあんたたち！」

軍服を着た男たちが一斉に振り向く。

「何だてめぇ！」

リーダーらしき若い男が前に出て声を荒げる。派手な金髪で、私より育ちが悪そうだ。

「見ての通りフロール軍人よ。大勢は決したわ、帰ってくれる？」

「女一人寄越《よこ》して勝利宣言か？　ナメられたもんだな！」

はぁ。背後を取ってなお声をかけた意味がわからないらしい。

不意を突いて攻撃するのは簡単だった。本来そうすべきなんだろうけど、戦場でも怪我人は出さないのが私のモットー。私が好きなのは魔術であって、戦争や血や死体ではないのだ。

「こっちの事情で悪いけど、今ちょっとイラついてんのよ」

——ブワアアッ！

私は何の予備動作もなく、背後に火柱を噴き上げた。チリチリとした火花が空中に舞う。

幅五メートル、高さ十メートルの円柱。たいていの人間はこうすれば尻尾を巻いて逃げる。

「もう一度だけ言うわ。火傷《やけど》したくないならおうちに帰りなさい」

「ま、まさかお前魔術師か!?」

私は火柱を操り、金髪の周りを炎で取り囲んだ。その姿はもう見えない。

「お、俺を焼き殺すつもりか！　やめてくれぇぇぇ!!」

心配しなくても大丈夫。これはあくまで脅《おど》し、軽い火傷すら残らないよう手加減して――。

「な～んちって」

――突如《とつじょ》、火柱が消え去る。

「へぇ？」

思わず声が出た。金髪が魔術で水を生み出したわけだが、これだけの炎を消し止められる人間はそうそういない。意外にも腕が立つ……なんて言うのは帝国軍に失礼か。

「ナメてんじゃねぇぞ！」

男は勢いづき、そのまま私に鋭利な氷の礫《つぶて》を次々と放ってくる。

だが――私はあえて守りの態勢を取らず、すべての攻撃を体で受け止めた。この程度の攻撃ではかすり傷一つつかない。今の私は九重《ここのえ》の防御魔術を纏っている。

「なかなかやるじゃない。でも、その程度じゃどうにもならないわよ。さっさと帰って――」

「口うるせぇガキだな。だが合格だ」

「……は？」

男がニヤリと笑った次の瞬間――私を囲むように敵兵が次々と出現した。動揺を隠せず、表情がこわばってしまう。

――隠蔽《いんぺい》魔術を使いこなし、私に気づかれないギリギリの距離を測っていた？　そんな魔術師、うちの軍には数えるほどしかいない。しかもそれがザっと百人……。

「勘違いしてんじゃねぇ。まだ自分が有利だと思い込んでたのか？」

「そういう問題じゃないわよ！　こんなやつらがいてフロール軍が無事なわけ――」

「そりゃあ今来たところだからな」

金髪がニヤけ顔で言う。交戦中に魔術師がいたなんて聞いてないのは確かだ。でもなんで今？

「てめぇ一人を連れて帰るのが俺たちのミッションだ。拒否すりゃ殺せとさ」

金髪が指を鳴らし、周りの魔術師たちが一斉に火柱を噴き上げた。視界が真っ赤に染まる。

私と同じことができる魔術師が百人いる、だから諦《あきら》めろ。そう言いたいのか。

「……王国に攻め込むつもりはなかったってこと？」

「要《い》らねぇよあんな小国。だがここでお前が逃げれば、お前を殺すまで攻め込むだろうな」

こいつらが本気で王国に攻めてきたら大変なことになる。ここでなんとかするしかない。

逃げるわけにはいかないが、かといって全員倒すのも……だめだ。

「まあ聞けよガキ、悪い話じゃないぜ」

金髪はニヤニヤと目を細める。

「てめぇの力、ウチなら中の上程度だろうが、こんな小国じゃトップレベルだろう。なのにもったいねぇよなあ。上のやつらに見る目がないせいで、孤児の女だからと冷遇されるわけだ」

「……何が言いたいわけ？」

「ウチならちゃんと相応《ふさわ》しい場所で使ってやるよ。ついて来い」

勝ち誇ったような金髪の言葉に、私は小さくため息をついた。握った手に力が入る。

結局こいつらも、私の出自と魔力しか見ていない。私の人生は全部それだけで決まるのか。

……ああもう！　どいつもこいつも！　何から何まで全部めんどくさい！

「お断りよ！」

「残念だ。やれ」

その瞬間、視界が分厚い火の壁で塞《ふさ》がれる。全身が熱い。それでも反撃なんてしない。

――迫り来る業火《ごうか》が、私の身を包んだ。

＊

「こんな仕事やってられるかってのーーー！　……ヒック」

戦場から帰ったその日、私は真っ昼間から酔い潰《つぶ》れていた。ジョッキを固く握りしめ、動かない体をテーブルに乗せて突っ伏す。

と言っても今いるのは寮の自室ではなく、もちろん男どものいる宴会場でもない。

「マリーヌ～、お肉まだ～～～？」

「はいはい、今行くッス」

リビングで待つ私の呼びかけに対し、キッチンから一人の女が姿を現した。マリーヌだ。暗めに染めた茶髪、目が隠れるほどの前髪と、相変わらず地味すぎるくらいに地味な見た目をしている。

いいや、そんなことはどうでもいい。両手に持つお皿に載《の》っているのは――。

「さ、できたてほやほやッスよ」

「おおっ！」

思わず背筋が伸びた。現れたのは、ドデカい丸焼きの骨付き肉。シンプルだが、脂《あぶら》ぎった見た目と香りが脳にクる。ああ恋しかった。

目の前に皿が置かれた瞬間、すぐさま口を大きく開けてかぶりつく。うめ～～。

「まったく、先に言うことがあるッスよ」

「マリーヌ大好き愛してる」

「人に飯をたかっての第一声がそれッスか？」

「あ、ビールもう二杯追加ね」

「……へいへい」

しぶしぶといった様子でマリーヌはキッチンへと引き返した。苦しゅうない。

――マリーヌも私と同じく、生まれてすぐの状態で孤児院に捨てられたらしい。元々は違う孤児院に引き取られたが、私が孤児院を転々としていたため、八歳の時に出会った。

妙に気が合ったと言うべきか、それからはいつも行動をともにしていた記憶がある。たくさんの子供がいる中でもマリーヌだけが、急成長する私の魔術を恐れることなく、むしろ一緒になって面白がっていた。私なんかよりよっぽど奇人だと言える。

私が軍に入った今でも、たまにこうしてマリーヌの家で飲んでいる。唯一無二の親友と言いたいところだが……せいぜい悪友、良くて腐れ縁だろう。別に愛してはいない。

「でもちょうどよかったッス。今日は戦勝記念号外、一面はもちろんアリシアさんッスよ」

新しいビールとともに、マリーヌは新聞をパサリとテーブルに置いた。

紙面にはデカデカと『寡黙《かもく》なる戦乙女《いくさおとめ》アリシア、帝国に引導を渡す！』という見出しが躍《おど》っている。

「へぇ、あんたにしてはまともな内容ね」

「ちなみにこの記事によると、ハルバーが権力を振りかざしてアリシアさんを嫁にしようと密かに計画してるらしいッス」

「んなわけないでしょうが」

「面白いことがなければ自分の手で作る、これがジャーナリズムの真髄《しんずい》ッスよ」

マリーヌはいけしゃあしゃあと名誉棄損を正当化した。調子の良さはいつも通りだ。

聞いての通りマリーヌは新聞記者で、『フロール・ゴシップス』を匿名《とくめい》で発行している。常に地味な格好をしているのも、隠密行動に徹するジャーナリストとしてのこだわりらしい。

……などとそれらしいことを言っているが、中身は一〇〇%ゴシップ紙。そして私はゴシップネタの常連だ。

最初は軽い気持ちで記事にされるのを了承してたのに、今では王都で人気ナンバーワンの新聞だというから始末が悪い。

「あんたの頭ならもっとちゃんとした新聞も作れるでしょうに。政治とか経済とか」

「そんなのちっとも面白くないッス。やっぱり紙面を華やかにするのは、アリシアさんみたいな人気者ッスね。今やアリシアさんはフロールの英雄ッスよ」

悪びれもせずにマリーヌが言う。私が軍で嫌われてるの、こいつの存在も原因かもしれない。

――だけど、そんな日々ももう終わりだ。

私は手に魔力を集め、酒の肴《さかな》にもならないデタラメ新聞を……。

「ふんっ！」

燃やした。

「あーーー！　何やってんスか!!」

「ゴミの焼却」

マリーヌが黒コゲになった新聞をひったくる。

いくらフーフーしても元には戻らない。灰がお肉にかかるからやめてほしい。

「アリシアさんでもやっていいことと悪いことがあるッスよ!!　この酔っ払い!!」

「あんたを燃やさなかっただけ優しいわよ。じゃなくて、明日の一面にふさわしいネタがあるわ。とっておきの大スクープよ」

「え、なんスか？」

「ケロッと目を輝かせるところがさすがよね……心して聞きなさい」

私は一つ咳払《せきばら》いをし、じっくり間を溜めてから告げた。

「アリシアは今日――死んだわ」

「…………はあ」

マリーヌが眉をひそめる。反応が薄い。

「だから、今日中に号外を出すのよ。私が死んだって」

「新聞に嘘なんて書けるわけないッス」

「あんただけはそれ言う資格ないでしょ。じゃなくて、私が死んだのは本当だし、たぶん明日には帝国から発表されるわ。とにかく話を聞きなさい、私のお酒もあげるから」

「いやアタシが出したんスけど」

文句を言いながらもマリーヌは向かいの椅子に座った。大スクープには勝てないらしい。

――肉をかじり、グビッと酒を流し込みながら、私は今日の戦いについて話した。

百人の魔術師に待ち伏せされたこと、私を連れ帰るつもりだったこと、逃げようものなら王国が攻め滅ぼされていたこと。

「……マジでヤバいじゃないッスか」

話が進むにつれ、さすがのマリーヌも表情を変えていった。なんとなく気分がいい。

「でしょでしょ？　火の壁に囲まれてアリシアちゃん大ピンチ！　この状況をどうやって切り抜けたかわかる？　聞いて驚きなさい、死体偽装の魔術よ」

「……うわぁ、懐《なつ》かしいッスね。あの気色悪い魔術ッスか」

「気色悪い言うな。まあその通りだけど」

死体偽装の魔術は、私が孤児院時代に発明した渾身《こんしん》のオリジナル魔術。と言ってもやることは単純で、私そっくりの人形を生み出すだけだ。それが死体に見えたからそう命名した。

今日使ったのも実は十年ぶりくらい。孤児院時代、ちょっとマリーヌを驚かせようとして、私の死体にしか見えない人形を寝床に置いてみた。

朝起きてすぐ、いつもはヘラヘラしてるマリーヌが私の体にすがりつき、本気でボロ泣きする顔……。あの後一週間は口を利《き》いてくれなかったのも、今思い出すとめちゃくちゃ面白い。

たぶんお酒のせい。

「うへっ、うへへへへ……ヒック」

「完全におっさんッスね。でも話は見えたッス」

「そーゆーこと。とっさに人形を用意して地面の下に隠れたら、あいつら焼け死んだと思い込んで、ろくに焼死体の確認もせず引き上げていったのよ。これがどういうことかわかる？」

マリーヌの答えを待たず、私はこぶしを握って突き上げた。

「今日この日、ついに私は軍を抜けられるのよ！」

そう、あんな生活はもう終わりなのだ。このまま寮に戻らなければ私の戦死扱いは確実。何の憂《うれ》いもなく軍から脱出できる。

マリーヌもパチパチと拍手してくれた。普段から愚痴を聞かせていただけのことはある。

「だからあんたの新聞にもそう書いてほしいわけ。そしたら私が生きてると思う人なんていなくなるでしょ？」

「なるほど完璧な作戦ッスねぇ。で、これからどうやって稼ぐんスか？」

「うっ」

……痛いところを突かれた。死んだ私は今までの稼ぎを取りに帰ることもできないし、軍を辞めたら稼ぎはなくなる。

だが策は用意してきた。それを実行するため、ふらつきながらも椅子から立ち上がる。

「ふっふっふ。私ほどの魔術師がその気になれば、どんな不可能も可能に変えられるのよ」

「おお？」

「見なさい！」

言うや否《いな》や、私は床に――両膝と両手をつき、額《ひたい》をすりつけた。

「私を養ってください!!」

「嫌ッス」

「えーーー」

全力の土下座なのに。もうちょっと悩んでくれてもいいのに。

「もう戦いたくないの！　いっぱい食べてぐっすり眠って過ごしたいの！　だから養って！」

「今まさに飯をたかってる人のセリフじゃないッスねぇ」

「いいじゃない！　どうせ私を売って稼いだお金でしょ！」

「変な言い方しないでほしいッス。まあそうッスけど」

「否定せんのかい。じゃあ私を養うくらい――」

「アリシアさんが消えたら新聞の売上も半減ッス。だから養えないんスよ」

「……無駄に正論なのが腹立つわね」

事前に用意した策が見事に潰《つい》え、私はすごすごと椅子に座り直した。

いったい何が足りなかったんだろう。誠意とか？

「わかったわよ、こうなったら頑張って自力で稼ぐわ。魔術を使えばどうとでもなるでしょ」

「難しいッスよ。戦死扱いってことは、アリシアさんだってことを隠して生きていくわけッスよね？　生まれが重視されるこのフロール社会、戸籍なしの魔術師なんて怖くて誰も関わりたがらないッス。そもそもアリシアさんのすべては全国民に知れ渡ってるッスから」

「後半はあんたのせいじゃないの！　……うぅ」

八方塞《ふさ》がりの状況に頭痛を覚え、私は頭を抱《かか》えた。半分はお酒のせいだけど。

——よくよく考えれば、私だとバレないよう生きていくなんて無理すぎる。せっかく軍から抜けられると思ったのに。やっぱり戻るしかないのか。

軍にいても楽しいことなんて全然ないし、戦いだってもうこりごりだ。涙が出そう。

「……あーもう、軍を抜けるためなら何でもするのに——」

「何でも？」

マリーヌが私の言葉尻を捕らえた。嫌な予感がする。

「今、何でもするって言ったッスか⁉　言ったッスよね⁉」

「…………………まあ」

「それなら話は別ッスよ！」

マリーヌはおもちゃを見つけた子供のようにはしゃぎ、立ち上がる。しかし次の瞬間には一転、スン——と真剣な表情で黙り込んだ。

待つこと十数秒。おそらく超高速で悪知恵を働かせたマリーヌが、ニヤリと笑って言う。

「思いついたッスよ、最ッ高に面白い方法が」

……全身に寒気《さむけ》が走った。これは言ってみれば——防衛本能だ。

マリーヌは今、本当に面白いことを思いついている。より正確に言えばマリーヌにとって面

白いことであり、私の方は地獄を見ることも少なくない。

　孤児院の裏庭に愛くるしい動物がいると聞いて行ってみれば、野生の熊と格闘させられたり（勝ったけど）。街にサーカスが来ると聞いて行ってみれば、いつの間にか演者に仕立て上げられたり（やりきったけど）。細かいことまで思い出せばキリがない。

　この女、面白ければなんでもやる女であり、私のことも軽率に利用するのだ。このへんがマリーヌを親友と言い切れない所以《ゆえん》である。

「……その方法って？」

「もちろん軍を辞める方法ッス。しかもお金の心配はなく、衣食住が保証された生活までついてくるッス。普通の人には無理ッスけど、アリシアさんなら簡単ッスよ」

　絶望的に怪《あや》しい。詐欺師でももうちょっとマシなことを言うだろうし、マリーヌは詐欺師よりタチが悪い。

　だが、そんなことを言われれば聞くしかない。今の私なら、軍を抜けるためならたいていのことはやれる。

「……聞かせてもらおうかしら」

「よしきたッス。心して聞くッスよ」

　マリーヌは妖《あや》しく微笑んだ。

「――なりすますんスよ、聖女に」

「……………はあ？」

変な声が出た。酒でちゃぷちゃぷになった脳みそではすぐに理解できない。

「まあ聞くッス。聖女召喚の儀が来週にあるのは知ってるッスよね？」

「あれでしょ？　神の世界から聖女を召喚するっていう」

――聖女。百年に一度、国を挙げた儀式によって召喚される存在。

その女性は知性と優しさに溢《あふ》れ、膨大《ぼうだい》な魔力で様々な魔術を使いこなし、国を正しい方向に導くという。

フロール王国に伝わる伝説みたいなもので、私も聞きかじった程度でしか知らない。

「その儀式で、アリシアさんが召喚されたように見せかけて、聖女になりすますんスよ」

「……いやいやいや、無理があるでしょ！」

「無理じゃないッスよ。召喚魔術を遮《さえぎ》って、代わりに自分が現れるだけッス。アリシアさんほどの魔術師なら可能ッスよねぇ？」

そう言われて想像してみる。私の魔術があれば実行自体は可能だろう。

「いや、でもそれ、国の人とかを騙《だま》すことになるんじゃ……」

「聖女の中身がアリシアさんだろうと誰だろうと、外から見ればどっちでも同じッスよ。魔術を駆使してちゃんと代役をこなせれば、誰にも迷惑はかからないッス」

「……確かに？」

外堀が埋められていく。いや、騙されるな。こいつはマリーヌだ。

「そう身構えなくてもいいッス。この作戦、アリシアさんにとっていいことばかりッスよ？」

マリーヌという名の悪魔が私に近づき、耳元で甘い声を囁《ささや》く。

「もう戦わなくていいッス。戦場には行かなくていいし、聖女ほど身の安全が保障されるポジションは他にないッス」

「うっ」

散々前線に駆り出され、見たくもない血をたくさん見てきた。今日みたいに命を狙われるのだってこりごりだ。

「聖女になれば宮殿で大切に養ってもらえるッス。美味《おい》しいご飯とお酒、ふかふかのベッドが待ってるッスよ？」

「ううっ」

今まで寮の個室に引きこもる毎日を送っていたが、聖女になればそんな生活ともおさらば。それどころか国で最高の待遇を受けられるだろう。宮殿のご飯とか絶対美味しい。

「拒否したらもちろん、すべてを新聞に書いて軍にアリシアさんを送り返すッス」

「最後は脅しかい！」

マリーヌが心底楽しそうにケラケラと笑う。このアマ……だが。

そう言われてしまえばもはや選択肢はない。軍に戻ることだけはありえないのだ。

――私はマリーヌの目を真っすぐに見返した。

「わかったわよ！　やりゃいいんでしょ！　やってやるわよ！」

「そうこなくちゃッス！　面白くなってきたッスねぇ！」

「今ここに、私の第二の人生が始まるのよ！　今日はお祝いね！」

「酒ならまだまだあるッスよ！」

マリーヌがグラスにビールを注ぎ、私は一気に飲み干した。もはや味なんてわからない。

よっしゃ、そうと決まればテンション上がってきた！　ついでに言えば、何か体の内側から込み上げてくるものが……。

「あ、ごめん吐く」

「えっ、ちょっと待っ――」


…………そして話はプロローグに戻る。

＊

この世界で最も広く信仰されているカタリア教の聖書には、こんな神話が書き記されている。

――はるか昔、神は世界を創《つく》った。

はじめに光と闇を生み、次の日には天地を分け、ある日には天体を形作り、そして最後の日には動物たちを生み出した。

神はその中でも、すべての動物を支配する存在として人間を作った。神は人間を神の似姿として造形し、支配のための手段として知性を、言語を、そして魔力を与えた。

神は人間に伝えた。高い知性を、そして高い魔力を持つ者が、神の代理人として人々を導くべし、と――。

そんなわけでこの世界では、魔力量や魔術の腕が極めて重要なステータスとなっている。カタリア教を国教とするフロール王国も例外ではない。

例えば軍人や聖職者といった公職では、官職の多くを魔術師が占める。魔術師とは一定以上の魔力量と魔術の腕がある人を指し、その数はほんの一握り。そもそも魔術は万能なので、魔術師があらゆる職業で評価されるのも納得できるところだ。

政治に深く関わる貴族も魔術師がほとんど。仮に全国民が反乱を起こしたとしても、政府の魔術師が集まれば返り討ちにできるだろう。安定した国政には魔術師が不可欠である。

そういう背景があるからこそ、私のような孤児が分不相応に魔術を操っていると、それだけでやっかみの対象になるわけだ。ケッ。

……話を戻すと、カタリア教を国教とする国は数多くあり、中でも小国に限っては、とある宗教行事が共通して存在する。フロール王国でも最重要の宗教行事、「聖女召喚の儀」だ。

私たち人間が住む大地の遥《はる》か上空には天界があり、神や天使が住んでいるとされる。聖女はそんな天界から召喚される、いわば神からの使者なのだという。

天界なんてものが本当にあるのかは知らないけど、この聖女というのが凄《すさ》まじい。魔術の腕が立つだけなんかじゃなく、歴史上にはいくつもの伝承が残っている。

曰《いわ》く、その身一つで半島のすべてを開拓した。

曰く、天界の知識を用いて国の治水を整備した。

曰く、王国滅亡がかかった大戦争を勝利に導いた。

とにかく、聖女というのは毎度化け物ぞろいなのだ。こうした歴史があるからこそ、人々は神を信じ、召喚される聖女に絶大な信頼を置いている。

――以上、全部マリーヌに後から聞いた話。そして私は無謀にも、聖女になりすますと決めてしまったのである。

「こんなに盛り上がるなんて聞いてないわよ……」

鎮《しず》まりそうにない大歓声を浴びながら、私は小さくつぶやいた。

祭壇の上からは人々の顔が米粒に見える。もちろん本来は聖女様がいるべき場所だ。

『ギャハハハハハハハハ！　いやー傑作ッスねぇ！』

そして私の頭には、いかにも楽しげな笑い声が響いていた。マリーヌである。

『うっさい。何がそんなにおかしいのよ』

『全部ッスよ。ひとまず明日の一面は華やかになりそうッス』

『召喚魔術の仕組みがよくわからなかったのよ。ああしとけば目くらましになるでしょ』

『そんな軽率に祭壇を爆発させないでほしいッス』

　この騒がしい中でも会話できているのは、交信魔術を使っているからだ。

　交信魔術とは、お互いが頭の中で考えたことを直接脳に送る魔術。マリーヌとは子供の頃からよく使っていたものだ。

　主《おも》にマリーヌが無茶ぶりしたとき、私に指示を出す目的で。……今みたいに。

『爆発はともかくとして、ここまでは順調ッスね』

『……ここさえ乗り切れば夢の聖女生活。そうよね？』

『その通りッス。美味しいご飯とふかふかベッドが待ってるッスよ』

　未来の自分の姿を想像し、心を強く持つ。聖女生活のためならなんだってやると決めたのだ。

　――なりすましを成功させるため、私たちは今日に向けて入念に準備してきた。

　まず考えないといけなかったのは見た目だ。例のゴシップ新聞によって私の容姿は広く知れ渡っていたわけだが、これはマリーヌが解決してくれた。

　長かった髪をバッサリ切って色を抜き、ほったらかしていた顔面に化粧を施《ほどこ》し、マリーヌお手製の美しい衣装を身に纏う。たったそれだけで、気づけば私は別人になっていた。鏡を五度見くらいした。

ちなみに、一部の布面積がやや小さい気もしたのだが、「これも売上のためッス」と言われてしまえば選択肢はなかった。聖女になりすますための衣装なんて他の誰かに作ってもらうわけにはいかないし、私も服なんて作れないからだ。というかマリーヌはなぜ作れるのか。

しかし、それだけではまだ危ない。別人になりきる演技も重要だ。

なぜかマリーヌは演技も上手《うま》い。これまたマリーヌの指導により、戦士っぽさをまったく感じさせない優雅な振る舞いを習得した。マリーヌ曰く「変装と演技は潜入取材のための基本ッス」とのことだが、私はマリーヌが取材をしていたことに驚いた。

ここまで来れば最大の問題は、私が聖女の役目を全《まっと》うできるかどうかだ。

魔術については大丈夫。魔力は十分だし、魔術の腕だってフロール屈指だという自信がある。問題は知識や知恵といった部分だが……。

『あんたの悪知恵、頼りにしてるからね』

『いざというときはお任せあれッス』

それを補うのがこの交信魔術。実は今、私の視覚と聴覚もマリーヌに共有しており、私には対処できない事態が起こったらマリーヌに助けてもらう約束となっている。使い方が間違っているだけで、マリーヌが持つ知識・教養・機転は相当なものだ。

……考えれば考えるほどマリーヌに頼りきりである。もうマリーヌがなりすませばいいんじやないかな。

『安全なところから楽しむのがアタシの流儀ッス』

『いきなり思考を読むな。あと最低』

『わかってないッスねぇ、これもジャーナリズムの真髄ッスよ』

『あんたは一回戦場に来て取材しなさい。私が燃やしてあげ――』

「静粛に!!!」

突然の大声に体が固まる。怒られたかと思った。が、もちろん違う。

広場に響き渡った荘厳《そうごん》な声はフィルシオ様のもの。民衆もたちどころに静まる中、フィルシオ様はゆっくりと私の方に歩み寄ってきた。そして目の前で片膝をつく。

「お会いできて光栄でございます、聖女様。私はフロール王国の王、フィルシオ・フロールと申します。以後お見知りおきを」

おお……。

国王が私に跪《ひざまず》き、頭《こうべ》を垂れている。ついこの前までは夢にも思わなかった光景だ。

「顔をお上げください。あなたのご活躍は天上から見守っておりました」

穏やかに微笑みながら、裏声で透き通るような声を作る。練習通りだが、フィルシオ様と会話するだけで声が震えそうだ。

「改めて宣言しましょう。私は神の遣《つか》いとして人の姿を取り、こうして下界へと降り立ちました。すべては、神に託された使命を果たすためです」

このへんの設定は歴代聖女の伝承を参考にした。マリーヌが考えた言葉を並べていく。

「あなた方に神の力をお貸しします。必ずや私が、この国をより良い方向へと導きましょう」

ま、そういう難しいことはマリーヌが頑張るんだけどね。

無責任なこと考えながら、私はフィルシオ様への言葉を締めくくった。フィルシオ様が「ありがたきお言葉」と再び頭を下げ、人々から拍手が起こる。儀式における私の役割はこれで終了だ。

——だが、そうはならなかった。

「聖女様。今この場で、聖女様にお尋ねしたいことがございます」

「はい?」

「この国をより良くするためには、何が必要でしょうか?」

フィルシオ様は力強い目で私を見据えた。さすがは国王、すごい迫力だ。

……じゃなくて、あんまり大勢の前でグダグダやりたくない。ボロが出ると困る。

「そういう込み入った話は後でじっくりと——」

「いえ、そうはいかないのです」

しかしフィルシオ様の決意は固かった。

「私は国の長《おさ》として、聖女様の言葉を民《たみ》に届け、責任をもってそれを実行せねばなりません。

これこそ、神より私に与えられた使命なのです。どうか民に、この国の未来を指し示す道しるべをお与えください」

さすがはフィルシオ様、私と違って大真面目《おおまじめ》だ。ここは答えるしかない。

「わかりました、ではお答えしましょう。この国をより良くするために必要なのは……」

とりあえずそう言ってみたところで、私の口は完全に固まった。

──まったくわからない。っていうか考えたこともない。

国って何したら良くなるの？　そもそも国が良いってどういう状態？

『ねぇ、なんて言えばいいの？』

『こんなの何でもいいッスよ。聖女の言葉なら何でもありがたがられるッス』

頼りにならないやつめ。だがその通りな気もする。

意味ありげに民衆を見回しての時間稼ぎもそろそろ限界だし、最初に思いついたものでいいか。

「肉と酒です」

「……はい？」

「人間、肉と酒があれば幸せになれます。これは絶対です」

私は力強く断言した。

知恵を求められたときは自信を持って答えるのがいいとマリーヌに教わったのだ。二十年弱の人生経験から導き出された鋭い回答に人々もどよめいている。

『さすがアリシアさん（笑）……肉と酒って……（笑）』

しかしマリーヌの反応がおかしい。やっぱり睡眠も付け足すべきだっただろうか。

「……つまり、聖女様も肉や酒がお好きなのですか？」

「はい、それらが生きがいだと言ってもいいでしょう」

「天界にも肉や酒があるのですか？」

「え？　ええもちろん、たっぷりと」

「なんと！　神様や聖女様も肉や酒をお召し上がりになるのですか？」

「…………まあ、たまには」

しまった、聖女じゃなくてもろアリシアの発言だこれ。私のせいで神様のイメージがヤバい。

「なるほど……しかしそれでは聖書の記述に反する……あるいは別の解釈が……」

フィルシオ様は真剣に考え込んでいる。恥ずかしさで体が熱くなってきた。泣きそう。

『さっすがアリシアさん、期待を裏切らないッスねぇ』

『ヤバい……助けてマリーヌ……』

『仕方ないッスねぇ。じゃあここはアタシの出番ッス』

その言葉を合図に、私は頭を切り替える。これからやるのは、今までと違うこと。

すなわち……マリーヌの指示通りに振る舞い、伝えられた通りの言葉を口に出すのだ。

『それじゃあ――』

実のところ一番練習したのがこれだ。私は意識を集中させ、フィルシオ様に向き合った。

「失礼しました、誤解を招く表現を訂正します。そもそも私は今までの聖女と同様、天界での記憶を失っています。それはご存じですよね？」

「ははあ、そうでした。聖女様は天界から地上へと降り立った瞬間、天界での記憶を一切忘れると伝承されております。しかしそれでは、先ほどの言葉はどういう……」

「肉と酒というのはあくまで比喩《ひゆ》です。あなたは『祝福』という言葉をご存じですか？」

「もちろんです。聖書の第二章に登場する言葉ですね」

「天界は平成なる世界であり、祝福に満ちています。天界では人間の祝福、すなわち宗教的祭儀によらず、人間自らの手で生み出される祝福を『肉と酒』と表現することがあるのです」

「……なんと。『救い』に対する『憐れみの施し』に近い表現なのですね」

「その認識で問題ありません。よく聖書を読み込んでいますね」

「お褒《ほ》めにあずかり光栄です」

フィルシオ様はホッとしたような表情を見せた。

宗教用語はわからないが、すべて出まかせのデタラメなことだけはわかる。

よくもまあ頭と舌がスラスラ回るものだ。いや舌を回してるのは私だけど。

「私の使命は皆様に祝福をもたらすことですが、それは必ずしも私の手によって実現する必要はありません。私は皆様と手を取り合い、誰もが祝福を享受《きょうじゅ》できる世界を目指すと約束します」

「なるほど……！　なんとありがたきお言葉」

さっきの戸惑《とまど》いから一転、フィルシオ様は感心しきりという様子だ。それに呼応するかのごとく、人々からも大きな拍手が起こる。すごい。

『ま、ザッとこんなもんッスね』

『あんた、その頭を他のことに使いなさいよ』

『お褒めにあずかり光栄ッス』

まったく褒めてはいないが、さすがはマリーヌだ。フィルシオ様も民衆の様子を見て満足げにうなずいている。

ちょっと脱線したけど予定通り。今度こそ儀式は終わりだろう。晴れて私の聖女生活が今、始まる！

「ではこれにて、聖女召喚の儀を終了と――」

「お待ちくださいフィルシオ様！」

――またしても、そうはならなかった。

しかも今度は思い出したくもない声だ。嫌な予感しかしない。

「フィルシオ様に申し上げるべきことがございます」

そうしてフィルシオ様の前に歩み出たのは――ハルバーだ。

礼儀正しく片膝をつくハルバーに対し、フィルシオ様は眉をひそめる。

「それは、本儀式の妨害が死罪にあたると知ってのことか？」

「重々承知のうえです。国のためを思えばこそ、緊急事態と判断いたしました」

二人が何やらものものしい雰囲気で言葉を交わす。

……ん？　何か物騒な単語が聞こえてきたけど？

『ちょっとマリーヌ！　死罪とか聞いてないんだけど⁉』

『聞かれてないッスからねぇ』

『じゃなくて、これバレたら私も死刑じゃないの⁉』

『大丈夫ッス、アリシアさんなら国民全員から追われても逃げ切れるッス』

『そういう問題じゃないでしょ！』

だとしても殺意を向けられるのは嫌だ。やっぱり絶対にバレちゃいけない。

――だが、本当に問題なのは次の言葉だった。

「簡潔に申し上げます。そこにいらっしゃる聖女様は、偽者である可能性があります」

「なっ――」

…………は？

ぞわりと背筋に寒気が走る。ハルバーの言葉は止まらない。

「先ほどの儀式では不可解な点が二つありました。一つ、通常の転移魔術のような魔力しか感じ取れなかったこと。二つ、先例のない召喚時の爆発。召喚されたように装《よそお》ってこの場に現れることは、それなりの魔術師なら可能です」

淡々としたその口調には自信が見て取れた。広場全体がにわかにざわめきだす。

……ハルバーとて軍でトップの魔術師であり、魔法陣のすぐ近くですべてを見ていた。あいつとは軍でずっと一緒だったわけで、もしかしたら私がアリシアってことまで……。

──ヤバい。これは本格的にヤバい！

『落ち着いて堂々とするッス！　まだバレてはないッスよ！』

『バレたら死刑なんですけど!?』

訓練の成果を発揮し、ギリギリのところで澄まし顔を保つ。本当は泣いて叫びたい。

「ハルバーよ、そなたにはこのお方が聖女様に見えぬというのか？」

「それは容姿に限った問題でしょう。先の問答も取り繕《つくろ》うようなものであり、聖女らしいところはまだ見られていません。しかし確かめる術《すべ》はあります」

フィルシオ様の言葉を待たず、ハルバーは私の前に歩み出た。

「伝承によれば、天界と通じる聖女は召喚後しばらくの間、天候を操る能力を持っていたとされています。あなたが本物の聖女なら、今この曇り空を晴らすことも容易《たやす》いはずです」

ハルバーは空を指さした。雨は降っていないが、雲が空の大部分を覆っている。

……天気を操る？　聖女ってそんなことまでできるわけ？

「できますか？　聖女様」

ハルバーが半ば確信した様子で私を見る。その言葉はどこか挑発的で、今までずっと見てきた人を小馬鹿にするような顔が重なった。思わずこぶしを握りしめる。

――本当なら、正体を明かして謝るべきなのだろう。そんなことはわかってる。マリーヌに上手い言い訳をひねり出させれば、少しくらいは刑も軽くなるかもしれない。……だけど。

孤児院でも軍隊でも、私はこの魔力のせいで散々苦労してきた。私に孤児という肩書きがついて回る以上、この状況は死ぬまで変わらない。

だから今こそ、私が新しい自分に生まれ変わる、最初で最後のチャンスなのだ。

私は聖女。今までの私とは違う。そう何度も私の人生を奪われてたまるか！

『落ち着くッス！　ここはアタシに任せて――』

「もちろんできます」

『アリシアさん⁉』

本気で焦《あせ》ったマリーヌの声が心地いい。死体偽装の時以来かも。

「私がこの空を晴らせば本物の聖女と認める。間違いありませんね？」

「……もちろんです。天候を操る魔術など我々は知りませんから」

怪訝《けげん》な様子のハルバーを横目に見つつ、私は大きく深呼吸をした。

——大丈夫。

『待つッス！　できないことをできるって言うのだけはだめッス！』

『子供の頃話したわよね、魔術で空を飛べば雲を食べられるんじゃないかって』

『……はい？』

『覚えてない？　その時あんたに教えてもらったのよ。雲はめちゃめちゃ上にあるから届かないし、水でできてるから食べられないんだって』

『まあ雲なんて何キロも上にあるッスから……って何するつもりッスか⁉』

私はマリーヌの問いかけに答えず——広場を囲むように、無数の火柱を生み出した。

戦場で使う威嚇《いかく》用の何百倍もの数。広場全体の気温が一気に上がり、熱で視界が眩《くら》む。

続いて両手を上にかざし、それらを束ねるようにして、すべての火柱を手の中に集めていった。

持てる限りの魔力を炎に変換し、球体を作るようなイメージで、一点に圧縮していく。

できるだけ多くの炎を、できるだけギュウギュウ詰めに……！

「……聖女様、何を⁉」

生み出された火の玉は密度を保ったまま膨《ふく》れ上がり、もはや祭壇よりも大きくなっていた。

凄まじいエネルギーで地上の空気が歪《ゆが》む。もし暴発すれば王都すべてが灰になるだろう。

——誰にも見せたことのない、私さえ知らない、全身全霊本気の一撃。

それを……上空めがけてぶっ放す！

「はぁぁぁぁあっっっ！！！！！」

私が放った火の玉は、光の尾を描きながら凄まじい速さで飛んでいき……。


ドカアアアアアアアアアアアアアァァァァン！！！！！


爆音が轟《とどろ》き、空が真っ赤に染まった。

爆発した場所を中心として、雲が吹き飛ぶように消えていく。爆発したのは数キロ上空で、熱の及ぶ範囲や爆風の向きも調整したので地上に被害はない。ちょっと暖かいくらい？

そして空が青さを取り戻す頃、雲は綺麗さっぱり消え去っていた。

うん、大成功！

『…………アリシアさん、ホントに魔術師百人ごときに負けたんスか？』

『別に負けてはないわよ。燃やし尽くすなら一瞬だったけど、二百人全員を無傷で帰すのはめんどくさそうだったし。っていうか何で今その話？』

『…………何でもないッス。気にしないでください』

ふぅ。さすがに疲れたので伸びをすると、広場が静まり返っていることに気づいた。

ここまでやれば文句はないだろう。そう思って傍《かたわ》らの二人を見ると、揃《そろ》って空を見上げたまま立ちすくんでいる。

が、やがてフィルシオ様が正気を取り戻したように——私に土下座した。

「誠に申し訳ございませんでしたぁ！」

「し、しかし、今のは聖女の力というよりも——」

「お前も頭を下げんか！」

ハルバーも慌ててフィルシオ様に続いた。おお、国と軍のトップ二人の土下座……。

本日二度目、私はもうアリシアじゃないんだと実感する。

「部下の非礼は私の責任でございます！　私めのことはいかようにもご処分ください！」

「……私が聖女だと認めていただける、ということでよろしいでしょうか?」

「もちろんでございます！　あれだけの魔力を持つ者は、聖女様の他におりません！」

ひとまずこの危機は脱したようだ。一つ大きく息を吐き、穏やかな微笑みを作る。

「あなたたちは国のことを想って行動したまでです。神の名のもとに許しましょう」

「ははあ！　聖女様のご寛大な御心に深く感謝いたします！」

フィルシオ様が再び頭を下げる。まだ納得がいっていないのか、ハルバーは不満げだ。

それでも、もう進むしかない。私は両手を広げ、静まり返る人々に呼びかけた。

「すべては神のお導きのままにあります！　私はあなたたちとともに生きます！　肉と酒をいつでも楽しめるような豊かな国を、必ず私が実現します!!」

——そう一息で言い切った瞬間、体中にどっと疲れが押し寄せてきた。

そりゃそうだ。慣れない衣装に作り上げた声、人々からの視線に聖女の演技。あげくに人生最大火力で炎魔術をぶっ放し、魔力はもう空《から》っぽだ。

それでも。

「「「「うおおおおおおおおおおおおおっっっっっっっっ！！！！！」」」」

——このとんでもない盛り上がりが、聖女召喚の儀を無事に乗り切った証だ。

『最ッッッッッ高に面白いッス！』

マリーヌのはしゃいだ声が頭に響く。

『今日の号外には何を書くッスかねぇ！　何でも書けるッスよ！』

『好きに書きなさい。ただしちゃんと協力すること！』

『もちろんッス！　こんな面白いこと見逃せるわけないッスよ！』

他人事《ひとごと》だと思いやがって……だけど、「面白い」くらいがちょうどいいのかもしれない。

どうせもう後戻りはできないのだ。バレたら死刑は確実、そこから逃げきったとしても社会的に死ぬ。

——それならば。

せっかく手に入れた新しい人生、全力で生き延びてやる！

第二章 聖女アリシア、国のために奔走する

Narisumashi SEIJOSAMA no JINSEI GYAKUTEN Keikaku

翌朝。窓から朝日が差し込み、ふかふかなベッドの上で目が覚めた。

視界に広がるのは豪華な模様が巡らされた天井。上体を起こせば、二人は寝られそうなベッド、そして広々とした部屋が目に映る。

「ふふふ、私は聖女よ」

小さくつぶやいてみると、心の底から喜びが湧き上がってきた。

あの狭い寮とはおさらば。思わず頬が緩《ゆる》むのを感じながら、大きく伸びをする。

『お、起きたッスか』

『……朝っぱらからあんたの声なんか聞かせないでよ。嫌な気分になるじゃない』

『辛辣《しんらつ》ッスねぇ。あんなにアリシアさんのために頑張ったのに』

愉快げなマリーヌの言葉を聞いて、昨日のことを思い返す。

――なんとかハルバーからの疑いを晴らした後は、これまた面倒な仕事が待っていた。書類への同意とか、フロールの現状の把握とか、各大臣との意見交換とか、そういうやつ。

もちろんさっぱりわからないのでマリーヌに丸投げ。マリーヌは『つまんないッスねぇ』と言いながらもこなしてくれた。

確かに昨日を乗り切れたのはマリーヌのおかげだが、そもそもそういうことはマリーヌがやる約束だ。

そして私の仕事は……美味《おい》しいご飯を食べること、そして寝ること。昨日の夕食はさすがの絶品で美味しかったし、夜もぐっすり眠れた。でもちょっと寝足りない気分。

『ってわけで、二度寝するわ』

『どういうわけッスか。もう仕事の時間ッスよ』

『昨日あんだけ働いたのよ？　今日はもう休みでいいでしょ』

『聖女はそういうシステムじゃないッス』

『ぐーたらできなきゃ聖女になった意味がないでしょうが……ん？』

マリーヌとくだらない会話を交わしていた、その時。

布団の中で――モゾリ、と何かが動いた。

「うわぁっ!?」

思わず叫び、私はベッドから飛びのいた。床に尻餅《しりもち》をついてしまう。

何!?　なんかいる!?

『演技は忘れちゃだめッスよ～』

『それどころじゃないわよ！　侵入者よ！』

『大丈夫ッス、アリシアさんを倒せる人なんてフロールにはいないッスから』

『なんで判断基準が勝つか負けるかなのよ……って、メイドさん？』

大きく乱れた布団から小さな侵入者が上体を起こした。「ふぁ～」と眠そうな声を上げ、大きく伸びをする。

――宮殿のメイド服に身を包んだ、可愛らしい女の子だ。顔はあどけなく、年は私よりも下だろう。三つ編みに結んだピンク色の長髪が愛らしい。

そして女の子は、大きな伸びの後にパッチリと大きく目を開け、そこでやっと私を認識する。目をゴシゴシとこすり、かと思えばニコっと微笑み、はつらつとした声で言った。

「おはようございます聖女様！」

「……おはようございます」

「今の叫び声って聖女様のものですよね？　そんな可愛らしい声も出すんですね！」

バッチリ聞かれてた。かなり恥ずかしい。

だが女の子は嫌味で言ったわけではなさそうで、なぜか嬉しそうな表情を浮かべている。

『この子からはヤバい匂いがするッス。気をつけるッスよ』

珍しくマリーヌと意見が合った。女の子とはいえベッドに潜り込まれたのだから当然だ。

私は立ち上がり、一つ咳払《せきばら》いして落ち着きを取り戻す。

「ベッドに人がいたので驚いただけです。あなたは？」

「ローズと申します！　今後は聖女様とともに行動し、専属メイドとして聖女様をサポートさせていただきます！　よろしくお願いします！」

ローズはふんすと胸を張りながら、真っすぐに私を見つめ、元気な声をぶつけてくる。

……そこまで年は変わらないはずなのに、なんだかその若さが眩《まぶ》しく感じられた。全体的にオーラがキラキラしている。

「よろしくお願いします。それで、ローズさんはなぜ私のベッドに？」

「もちろん、聖女様を起こしに参りました！」

「ベッドに入った理由になっていませんし、むしろ私があなたを起こしたのですが」

「それはその……聖女様がとっても気持ちよさそうに眠っていたのでつい……えへへ」

なぜか照れるローズ。やっぱり答えになっていないが、これ以上追及しても無駄な気がする。

「そんなことより聖女様の話をしましょう！　昨日の演説はすごかったです！」

ローズは鼻息荒くそう言うと、ストンとベッドから降り立ち、勢いよく私の手を取った。

――顔と顔がグイッと急接近する。この子の距離感おかしくない？

「感動しました！　『肉と酒』という身近な言葉をあえて用いることで、人々の心を瞬《また》く間に掴んでしまいました！　さすがは聖女様です！」

「いえ、それほどのことでは……」

「あの演説で私は確信しました！　必ずや聖女様はフロールの未来を変えてくださると！　身分を問わず、人々の笑顔が絶えない国を作り上げてくださると！」

ローズは目をキラキラさせてまくしたてる。全部出任せだったなんてとても言えない。

反応に困ったのでひとまず曖昧《あいまい》な微笑みを浮かべていると、ローズは突然何かを思い出したように「あ！」と叫び、腰につけた懐中時計を見た。

「時間です！　もう行かないといけません！」

うげっ。仕事の時間である。

「そのことなんですが、あと少しだけ眠ってから――」

「美味しい朝ご飯が待ってますよ！　……え、何ですか？」

「何でもありませんすぐに行きましょう」

ご飯となれば話が別だ。宮殿での初めての朝食。何が出てくるのか楽しみでならない。

「お着替えはこちらに準備してあります！　さっそくお手伝いさせていただきますね！」

「いえ、着替えくらいは自分でやりますよ」

「……わかりました！　外で待ってます！」

そうしてローズは部屋を出ていった。着替えの手伝いを断った時はちょっとしゅんとしていたが、普通は手伝わないと思うし、悪気は一切なさそうなのがまた厄介である。

……嵐のような女の子だった。これでやっと一息つける。

『聖女相手にあの態度、ありゃ大物ッスねぇ。いいネタを提供してくれそうッス』

『あんたねぇ……でも、私のこと信用してくれてる感じよね？　ハルバーみたいなのが来たらヤバかったけど、何とかなりそうじゃない？』

『メイドっていうよりはファンって感じッスね。でも油断は禁物ッスよ。ここで働いてるってことは、ちゃんとした家庭教師に教育を受けてる貴族ッス。アリシアさんとは真逆ッスね』

『馬鹿で悪かったわね』

『ま、それでも都合はいいッス。何でも言うことを聞いてくれそうッスよ』

『ちょっと心配なぐらいだけどね』

私が言うことではないが、あんなに信じやすい性格で貴族をやっていけるのだろうか。いや、貴族だからこそやっていけたのか。

『それより朝食よ朝食。どんなご飯が出てくると思う？』

『朝食なんて案外普通なんじゃないッスか。そしてその後は仕事ッスね』

『……あんたの口先三寸で休みにできない？　さっきのやり取りで疲れたし』

『だめッスよ。いきなりそんなことをしたらまた疑われるッス』

『ホント使えないわね』

『逆に考えるッス。初めのうちにしっかり仕事をこなして信頼を得れば、後々になってぐーたらしても疑われなくなるッス。ここが頑張りどころッスよ』

『……むぅ』

なんだか上手《うま》く丸め込まれてる気がするけど、マリーヌの言うこともっともである。私はしぶしぶ正装に着替え始めた。

＊

私の身辺はローズに一任されているらしく、二人きりで一緒に朝食を食べた。

マリーヌの言う通り、朝食はパンに目玉焼きと、それほど変わったものはなかった。それでも、男たちに邪険にされながら食堂の隅っこで食べるのと、可愛い女の子と話しながら食べるのとではまったく違うものだ。

ローズはずっと私の演説の素晴らしさを語っており、それに相槌《あいづち》を打つのもそれはそれで骨が折れたけども。

「本日のお仕事を説明します！」

食事を終えた後、宮殿を歩きながらローズが言う。

「午前中は外に出て、国民との交流を図ります！　名付けて『国民の声を聞く会』です！」

「あれ、そんな予定ありましたっけ？」

「ふっふっふ。実は昨日、私が企画したのです！」

ローズは「いい仕事をしました」とばかりにふんすと胸を張る。

まったくの初耳だ。勝手に仕事を増やしているなんて、到底許すことはできない。

『……ねぇマリーヌ、ローズにはどんな罰を与えるべきかしら？』

『いやいや、今回ばかりはアリシアさんが悪いッスね』

『え、なんで？』

『忘れたんスか？　昨日夕食を食べに行く時、スケジュールは全部ローズに任せるって言ってたッスよ。あれじゃ仕事を増やされても文句言えないッス』

『覚えてないわよ。あの時なんて晩御飯のことしか考えてなかったもん』

『食べ物への執着がすごいというか、逆に器用ッスね』

そういえば昨日の晩ご飯は美味しかったなあ。あとはあそこにお酒さえあれば……じゃなくて、うっすらと記憶がよみがえってきた。確かに仕事の予定は全部任せたし、直前になるまでどんな内容か言わなくてもいいとも伝えた。

あれは日程の調整とかコミュニケーションがめんどくさかったからで、仕事を増やしてほしかったわけでは断じてないのに。

「そういうわけで街へお出かけです！　聖女様にピッタリの馬車をご用意しました！」

「……これに乗るんですか？」

連れられるがままに宮殿から出ると、目の前に馬車が止まっていた。目を疑った。

――その馬車は不自然なほどに豪華だった。車体は金色に輝き、車輪まで様々な宝石で装飾されている。よほど車体が重いのか、四頭もの馬が繋がれていた。

さらには通常の馬車よりキャビンが数段高く、しかも屋根や仕切りはないので、周りからは中が丸見え。

とにかく目立つことこの上ない。こんなのに乗って街をうろつくの？

「本来は王族専用の特別仕様です！　聖女様の初仕事にふさわしい馬車を用意できました！」

余計なお世話である。バレたら困るから目立ちたくない。できれば仕事もしたくない。

「私は王族ではないですし、もっと普通の馬車でいいと思いますけど……」

「だめですよ！　聖女様は今後数十年にわたってこの国の象徴となるんです！　今後のためにも、最初に国民から『すごい人がやってきた』と思われることが重要です！　聖女様の素晴らしさを世に知らしめましょう！」

ローズは熱を込めて力説する。よかれと思ってやってくれているので拒否しにくい。

ちなみにマリーヌは『変に断るのも不自然ッスよ』などとささやいてくるが、馬車の写真で金を稼ぐつもりなのはお見通しである。

「さあさあ聖女様、お乗りください！」

「押さないでください、自分で乗れますから」

結局はローズに押し切られ、私は座席に乗り込んだ。ローズも隣に座って体を寄せてくる。

ああ、背もたれもクッションもローズの体もふわふわで気持ちいい。なのにこんなに落ち着かないのはなぜだろう。寮の硬いベッドが恋しくなってきた。

「それでは出発します！」

ローズが高らかに合図し、馬車が動き出した。もう戻れない。

『最初にお披露目会《ひろめ》を持ってくるなんて、ローズはスターの作り方をわかってるッスね』

『私は見世物じゃないんだけど。っていうか昨日企画して今日開催って。こんな突発イベント誰も来ないでしょ』

『それはどうッスかねぇ』

マリーヌのニヤニヤした声。嫌な予感しかしない。

「さあ、宮殿の敷地を出ますよ！」

そうして、馬車が街に出た瞬間——私は絶句した。

「来たぞ！　聖女様だ！」「フロールの未来を変えるお方だ！」「聖女っていうかもはや天使」「こっち向いてー！」「ああ、今日も見目麗《うるわ》しい」「直視できないほど輝いている」「我々をお救いください！」「聖女様ってあんなに可愛い感じなんだな……」「だがそれがいい」

大通りの沿道は人々で溢《あふ》れかえっていた。昨日の儀式にも劣らない熱量で、老若男女問わず私を拍手で抑え、好意的な声まで飛んでくる。時々変なのもまざってるけど。

「聖女様！　立ち上がって、手を振って民衆に応《こた》えてください！」

「……えっと、こうですか？」

「そうです！　もっと笑顔だと最高です！」

戸惑《とまど》いながらも私は立ち上がり、微笑みながら小さく手を振る。手を振った方向からは歓声が上がった。「聖女様が俺に手を振ってくれた！」「いや俺だろ！」「いやいや今のはワシじゃ！」などなど。軽く狂気を感じた。

「なんでこんなに人が集まってるんですか……？」

「ちゃんと宣伝しましたから！　こちらを見てください！」

ローズは懐《ふところ》から一枚の紙を取り出した。今日の「国民の声を聞く会」の開催告知だ。

会場や馬車の通るルートも示されているが、何より目立つのは私の写真の数々。その下には可愛らしい丸文字で「聖女様に会える！」という文字が躍《おど》っている。完全に見世物だった。

「これを昨晩、王都中の壁に一万枚ほど貼っておきました！」

「何してくれてるんですか」

「え？」

「じゃなくて、まさかそこまでしてくれるなんて本当にありがとうございます」

「えへへ、聖女様に褒《ほ》められちゃいました」

ローズは頬を染めてデレデレしている。こんなはずじゃなかったのだが、よかれと思ってやってくれているので怒るに怒れないのだ。ある意味マリーヌよりタチが悪い。

『貴族にこんな面白いことをされちゃ、新聞屋は商売上がったりッスよ』

『あんたは何もしてないわよね？　私の味方だもんね？』

「これだけの人が集まったのは聖女様の力あってこそです！　こちらもご覧ください！」

ローズはまたもや紙を取り出し、見せつけるようにバサッと開いた。私は思わず「うげっ」とうめいてしまい、慌《あわ》てて口を押さえる。

「どうかされましたか？」

「いえ、なんでもありません。……これは？」

「王都で大人気の新聞、フロール・ゴシップスです！　さっそく聖女様が特集されています！」

やっぱりそうだった。軽くめまいがした。

紙面には大きく、祭壇が爆発した写真、私が演説している写真、空が真っ赤に染まった写真が載《の》っている。こう見ると確かに昨日の儀式は新聞映《ば》えしていた。

「圧倒的な魔力、可愛らしい見た目！　のみならず、人々に寄り添った政策を提言されたことも書かれています！　聖女様への期待は鰻登《うなぎのぼ》りですよ！」

「……そうですか」

「さらにはこんな話題もありました！　聖女様を家族にするなら、母か妹のどちらがいいか！

国民の意見は真っ二つに分かれているようです！」

「はあ」

心底どうでもいい。

「ちなみに私は第三候補、お姉さん派です！　うちは両親も兄も厳しくて、聖女様のようなお姉さんが欲しかったんです！　優しく頭を撫でてほしいです！　……チラッ」

「撫でませんよ？」

「むー」

ローズは不服そうな顔を浮かべる。そろそろメイドを変えてもらった方がいいだろうか。

いや、すべての元凶はマリーヌだ。やっぱりマリーヌの方が輪をかけてタチが悪い。

『あんた、やっぱり余計なことしてくれたわね』

『好きに書いていいって言われたッスからねぇ』

『あんまり目立つようなこと書くんじゃないわよ。そんなに期待されても困るし、仕事だって増えそうだし。もっとひっそり扱っときなさいよ』

『それじゃあ売上にならないッス。アリシアさんにはビシバシ働いてもらって、どんどんネタを提供してもらうッスよ』

『あんたねぇ……』

約束が違う。私はぐーたら生活を楽しむだけだったはずなのに。ローズもマリーヌもそれを許してくれそうにない。

……こうなれば私にも考えがある。マリーヌだけでも抑え込むため、私は新聞を指さした。

「ローズさん。天界での記憶はおぼろげですが、一つ思い出したことがあります。たしかこの新聞は誤った情報が多く信用できないはずです。違いますか？」

『ちょっと、新聞の評価が下がっちゃうッス！　っていうか安易に設定を破っちゃだめッス！』

マリーヌが何か喚《わめ》いているが関係ない。私は評価を下げているのではなく、適正な評価に戻しているだけだ。

私の輝かしい聖女生活を実現させるためにも、少なくともローズだけにはこの新聞を無視してもらわないと……と思ったのだが。

「天界にまで知られているなんて、さすがはフロール・ゴシップスです！」

「はい？」

私の言葉に対し、ローズは目を輝かせて言った。嫌な予感がする。

「でも聖女様、その認識は間違っています！　フロール・ゴシップスは国民が求める情報を網《も》羅《ら》した素晴らしい新聞です！　その情報収集力と着眼点にはいつも唸《うな》らされます！」

「……」

「今回の特集でも、昨日宮殿内で交わされた会話にまで言及されています！　普通は聞けないはずですけど……すごい調査力です！」

そりゃあ交信魔術で全部聞いてたからね、とは言えない。っていうか機密事項が漏《も》れてるわけだし、もっと危機感を持つべきでは？

「……ローズさんはこちらの新聞を普段から読んでいるのですか？」

「私は創刊号から読んでいます！」

「創刊号から？」

「はい！　ここがこの新聞の一番すごいところです！　なんと創刊号では、当時まだ無名だったアリシア様が特集されていたのです！」

「アリシア様……？」

「はい！　先の戦争で亡くなられてしまった、孤児出身の大魔術師です！」

私が一番よく知っている。というか、私に様をつける貴族なんて初めて見た。

「アリシア様のすごさは語り尽くせません！　どこから話せばいいか……私が初めてアリシア様を知ったのは――」

「この話はまた今度にしましょう」

「あ、そうですね！　今は皆さんへのアピールです！」

私の話題になってしまい、ボロが出ては困るので切り上げた。私を様付けして呼ぶなんて、きっと新聞に洗脳されたのだろう。

……どうやらローズも、私をマリーヌから守ってはくれないらしい。

『あんたの新聞を信じるなんて、この子やっぱりアホなんじゃないの？』

『アリシアさんは勘違いしてるッスけど、アタシの新聞は嘘だらけでもないッスからね？』

『そうなの？』

『九割の真実に一割の嘘を忍ばせる。これがジャーナリズムの真髄《しんずい》ッス』

『聞いて損したわ』

ジャーナリストではなく詐欺師のやり口である。

「そういうわけで、また手を振りましょう！　みなさん待ってますよ！」

「……そうですね」

私は再び立ち上がり、笑顔を振りまいた。内心でため息をつく。

しかし考えようによっては、こうして手を振ってるだけでいいなら楽かもしれない。人々の様子を見ていても、正体がバレる心配はしなくてよさそうだ。

このまま心を無にして時を過ごそう。そうすれば昼食が待っている。

「聖女様、もうすぐ着きますよ！」

「え？」

「見てください！　フロールでは宮殿前に次いで大きな広場、パロイヤル広場です！」

馬車が停止し、ローズが前を指さす。

そこは大きな広場で、やはり大勢の国民が詰めかけていた。一つ目を引くのは、広場の最奥に設けられた演壇。昨日ほどの派手さはさすがにないが、まさしく今日の催しにうってつけな設備だ。

……すっかり忘れていたが、今日は国民の声を聞く会だった。

「聖女様には、お集まりいただいた人々の声を聞き、お話ししていただきますね！」

お話し……昨日を思い出して冷や汗が流れた。

私が口を開くたびにバレる可能性が上がる、私はそう学んだのだ。ニコニコ手を振っている方がよっぽどマシだった。

「それでは行きましょう、聖女様！」

馬車が止まる。心の準備をする暇《ひま》もなく、私はローズに手を引かれて馬車を降りた。

＊

「大変長らくお待たせしました！　これより、聖女様による『国民の声を聞く会』を始めます！」

明るくハキハキとした声が広場に響いた。

司会進行はローズが務めるようだ。貴族のご令嬢と言う割には器用なことである。

「聖女様のご登壇です！　拍手とともにお迎えください！」

その言葉を合図に、最初から壇上にいた私は光を纏《まと》いながら隠蔽《いんぺい》魔術を解除した。マリーヌ発案の演出だが、魔術に接する機会など滅多《めった》にない人々には新鮮だったようで、どよめきが上がる。

微笑を浮かべながら一礼すると、どよめきは「おおお！」という歓声に変わった。

……昨日からずっと思っていたが、聖女ってこんな扱いでいいのだろうか。もっと神聖というか、厳《おごそ》かな感じでもいいと思うけど。

「まずは聖女様から、ご挨拶《あいさつ》をお願いします！」

ローズの言葉で、人々の期待が一段と高まるのを感じる。とはいえ緊張感は昨日よりマシ。コホンと一つ咳払いし、口を開いた。

「フロールの皆様、初めまして。さっそくこのような場を用意していただき、大変嬉しく思います」

透き通るような声を作って人々に呼びかける。昨日の演技の延長だ。

「私は神の遣《つか》いとして人の姿を取り、こうして下界へと降り立ちました。すべては、神に託された使命を果たすためです。あなた方に神の力をお貸しします。必ずや私が、この国をより良い方向へと導きましょう」

『昨日のセリフと丸っきり一緒じゃないッスか』

『うるさい』

マリーヌの指摘は一蹴《いっしゅう》する。マリーヌみたいにアドリブをスラスラ出せる脳みそは持っていないのだ。必死に練習したセリフを使い回すくらい許してほしい。

だが最後に、昨日の約束事だけは付け加えておく。

「そのための第一歩として……誰もが肉と酒を楽しめる、そんな国を作ります！」

その言葉で、待っていたかのように再び歓声が沸いた。ローズの言う通り、それだけ私に期待してくれているのだろう。悪くない気分だ。

どうやってそんな国を作るかについては……きっとマリーヌが考えてくれるはず。

「ありがとうございました！　それではここから、皆さんの声を募《つの》りたいと思います。意見、質問、どのような形でも構いません！　聖女様に伝えたいことがある方は手を挙げて――」

「まずわたくしから一つ、いいですかな」

ローズの声を遮《さえぎ》るように、よく通る渋い声が響いた。小さく手を挙げているのは、髭《ひげ》を蓄えた白髪のおじさんだ。

――見るからに裕福そうな印象を受ける。装飾が施された服、清潔に整った身なり。そもそも、髪が白くなるまで健康に生きていることが何よりの証拠だ。

「あ、はい、どうぞ！」

「それでは」

勝手に話を進められて戸惑うローズを待たず、おじさんはすぐに立ち上がる。

「私はカフェ『パロイヤル・ソーシャルクラブ』で店主を務めております、リック・ランブルと申します。聖女様、以後お見知りおきを」

どこか自信を感じさせる自己紹介に対し、私は微笑を返す。なんかすごそうな人がきた。

『うわぁ、リックじゃないッスか』

『何？　有名人？』

『ま、聞けばわかるッスよ』

あのマリーヌが嫌そうな声を出す。思わず身構えた。

「私からお伝えしたいのは、意見でも質問でもありません。聖女様とはここで一つ、議論を交わしたいのです」

「議論、ですか？」

「ええ。議題は他でもなく、聖女様の公約についてです」

首をかしげるローズに対し、おじさん――リックは人差し指を立てる。

「聖女様は『肉と酒を楽しめる国を実現する』とおっしゃいました。誰もが食に不自由しない国という理想像には私も賛同します。しかし私には、それを実現できるとは思えないのですよ」

「ど、どういうことですか！」

「簡単なことです。なぜ今まで実現できなかったのか、それを考えればいい」

その言葉にローズの表情が曇った、気がした。

「理由はひとえに、帝国との力関係です。我が国は大部分が海に囲まれているため、農作物や畜産品を調達するためには、唯一陸続きである帝国との通商が必要です。しかしながら、帝国との間には植民地政策とさえ言えるほどの不平等な交易が行われています」

穏やかな口調ではあるが、早口に、淡々と厳しい現実を並べ立てていく。

「軍事力の差を考えればそれも当然でしょう。その必要もないと見ているのでしょうが、帝国軍にはフロールを征服するのに十分な戦力がある。この状況が簡単に変わるとは思えません」

リックが話を進めるにつれ、あれだけ高揚していた広場の空気が一気に沈んでいく。

「そこで議論したいのです。果たして聖女様は、どのような手段によってこの問題を解決するのか、と」

リックは私を見ながら問いかけた。ローズは「むむむ……」とでも言いたげな表情でおじさんを睨《にら》む。頰を膨《ふく》らませながら。

『何よあの人、感じ悪いわね』

『このへんのカフェは貴族も御用達《ごようたし》で、政治に関する議論が日夜交わされるッス。ゴシップの宝庫なんでアタシもよく行くッスけど、リック自身も名の知れた論客《ろんかく》ッスね』

『へー』

『まあ論客なんて呼ばれる輩《やから》は、空気を読まずに正論で相手を言い負かそうとするんで嫌われてるッスけど。アタシに言わせればユーモアが足りないッスね』

マリーヌの持つユーモアが正しいかは置いといても、リックが面倒なことは間違いない。

「失礼ですよ、リックさん！　きっと聖女様には深い考えがあるはずです！」

「それを確かめるための議論です。応じていただけるということでよろしいですね？」

「もちろんです！　お願いします聖女様！」

勢いそのまま、ローズが勝手に決めてしまった。私がリックを言い負かすことを確信しているらしい。

……期待に満ちた目で見てもらっているところ悪いが、こんな時こそマリーヌの出番だろう。

『言われてるわよマリーヌ、反論しなさい』

『そう言われても困るッスよ。アタシもどちらかと言えばリック側ッス。そもそも肉と酒なんてのはアリシアさんが勝手に言ったんスから、アタシの責任じゃないッス』

『まあそれはそうなんだけど……』

『ってことで応援してるッスよ～』

『え？　ちょっとあんた！』

マリーヌからの返事は途絶え、それどころか鼻歌まで聞こえてきた。

こうなったらマリーヌはもう答えてくれない。絶望を感じながら周りを見る。

――広場中の視線が集まり、明快な回答が期待されている。昨日と同じパターンだ。

意味ありげな微笑で佇《たたず》んでいるのもそろそろ限界。答えるしかない。

「……お答えしましょう」

ゆっくりそう言ってから、私は必死に考える。今日も胃が痛くなってきた。

リックの言葉を思い返す。たしか、フロール軍が帝国より弱くて、だから帝国が売る食料は高くて、なかなか国に食べ物が行き渡らない……ん？

──閃《ひらめ》いた。よく考えてみれば簡単なことなのでは？

「帝国から買うことが難しいなら、国の中で食べ物を作れば良いのです」

私はマリーヌの教え通り、堂々と胸を張って答えた。

すべてフロールの中で作ってしまえば、わざわざ帝国から買う必要はない。なんて完璧な解決方法！

そう思って人々の反応を窺《うかが》った、のだが。

『ねえ、私なんか変なこと言った？』

『ププッ。いや、昨日よりはマシじゃないッスか？』

だめだこりゃ。マリーヌの反応からそう確信し、冷や汗が流れる。

──広場は静まり返っていた。リックは苦笑いを浮かべつつ、肩をすくめる。

「できることならはじめからやっていますとも。しかしながら、フロールの地は土の質が極めて悪く、古来から不毛の土地。この場にいる誰もが知っていますよ。まあ、つい先日いらした聖女様が知らないのも無理からぬことでしょうが」

……全然知らない。私もずっとフロールで生きてたのに。誰でも知ってるなんて嘘だろう。

『ちゃんと孤児院でも習ったッスよ』

うるさい。タイミングよく補足するな。私はマリーヌほど賢くないのだ。

「さて。それでもフロールで農耕や牧畜を行うと言うのなら、地質の問題をいかに解決するか、議論せねばなりません。お答えいただけますかな?」

「……」

もちろん答えなんて用意していない。フリーズする私に、恩着せがましくマリーヌが言う。

『仕方ないッスねぇ、アタシが助けてあげるッスよ』

『最初からそうしなさいよ』

『えー。その言い草、ちょっと感謝の心が足りないんじゃないッスか?』

『あんたねぇ……』

最初からこうなるとわかっていたくせに、悪びれもせずこういうことを言う。それがマリーヌなのである。

『ま、さすがに今はそんなこと言ってる場合じゃないッスね。ここはアタシの出番ッス』

ようやくその気になってくれたらしい。内心安堵《あんど》の息をつきながら私は思考を切り替える。

そうしてまた、マリーヌにすべて任せようとしたところで——。

「なるほど! さすがは聖女様です!」

思わぬタイミングで甲高《かんだか》い声が響いた。私の代わりに答えたのはローズだ。なんで？

これにはマリーヌも『おっ？』と驚いた様子。リックは怪訝《けげん》な顔で問いかける。

「議論はまだ始まってすらいませんよ。聖女様の言葉には何の意味もありません」

「いいえ違います！　聖女様は、ラスタール盆地を活用すればいいと言っているんです！　そうですよね聖女様！」

「え、あ、はい」

勢いに押されてうなずいてしまった。やれやれといった様子でリックが口を挟む。

「ラスタール盆地ですか。確かにあそこは周囲を山で囲われているためか、地質が他と違い、農耕や牧畜も可能です。しかしその地形ゆえ極めてアクセスが悪く、住んでいるのはよほど酔狂な者か世捨て人のみ。仮に開発できたとして輸送は困難……もちろんご存じですよね？」

「その通りです！　もちろん、聖女様だって知らないはずはありません！」

全然知らない。そんなことは絶対表情に出さないが。

「ですが、聖女様がいる今なら話が別です！　盆地の作物を王都に運ぶことだってできます！」

「ほう、聖女様が空を飛んで運ぶとでも言うのですかな？　そんな方法が長続きするとは思えませんが」

「違います！　トンネルを掘って繋げればいいのです！」

「なっ……」

リックが目を見開いた。私を置いて二人の会話がヒートアップしていく。勝手に。

「不可能でしょう！　山脈を貫くなら数キロメートル。そのようなトンネルを私は知りません」

「いいえ！　ジャヌル王国には存在すると聞きます！　不可能ではありません！」

「ふむ……しかしそれほど大掛かりな計画、何年かかるかわかりませんな」

「昨日のことを思い出してください！　空をも晴らす聖女様の力があれば、山をくりぬくくらい簡単です！　そうですよね、聖女様！」

「え？」

いきなり話を振られてびっくりした。即座にマリーヌから指示が飛んでくる。

『ここは自信満々に肯定《こうてい》するッス』

『え、でも……』

『大丈夫ッス。私を信じるッス』

そう言われてしまえば従うしかない。私はキリッとした表情で力強く断言した。

「ローズさんの言う通りです。すべて私にお任せください」

私がそう言った瞬間、会場が「「「おおおっ！」」」というどよめきに包まれる。すかさずローズが反応した。

「さすが聖女様です！　聖女様に不可能はありません！」

「し、しかし……」

「つまり聖女様はこう言っているのです。聖女様がいる今なら、我々が持つ常識など過去のものであると！　聖女様によってフロールは変わるのです！」

大げさな煽《あお》り文句により、どよめきが「「「うおおっっっ!!」」」という歓声に変わった。

おじさんは唖然とした表情で私を見ているが、実は私も同じ気持ちだ。何これ。

『ギャハハハハ！　なんかうまくいったッスねぇ！』

『笑ってる場合じゃないわよ！　これホントに大丈夫なの？』

『こうなったらもうローズに乗るしかないッスよ。しかしこの子、ちゃんと知識や教養はあるし、アリシアさんのことも信じ切ってるッス。全部何とかしてくれるんじゃないッスか？』

『……あれ、あんたと違ってちゃんと助けてくれるし、もしかしてローズってあんたより頼りになる？』

『その代わり仕事は増えそうッスけどね』

『え、あ！』

言われて初めて気づいた。私の平和な聖女生活が危ない。

盆地やら何やらのことはまったく知らないが、山にトンネルを通すのがとんでもなく大変そうなのはわかる。計画なども含めて気が遠くなるような作業量だろう。

――これ以上仕事を増やされる前に止めなければ。

「ローズさん、今の件について少しお話を……」

「このような形で聖女様が皆様の声に答えていきます！　どんな意見、疑問も大歓迎です！」

しかし私の声は歓声でかき消され、ローズはノリノリで司会を続ける。止める気も失せるくらいにイキイキとしていた。

『一回認めちゃったッスからねぇ。今更止めるなんて無理ッスよ』

『わかってたんなら先に言いなさいよ……』

『いやー、今日の号外もネタが揃《そろ》いそうッスねぇ』

他人事《ひとごと》で楽しそうなマリーヌ。私の恨み言など誰にも届かないまま会は続く。

「それでは次の方、どうぞ――」

＊

「……疲れました」

すべてを終えて馬車に乗り込み、私は柔らかなクッションに体を預けた。

本当はクッションに顔をうずめたいところだけど、聖女なので我慢する。

「お疲れ様でした聖女様！　大盛況でしたね！」

「……ええ、良かったです」

なんとか穏やかな声で返事をする。隣に座り込んできたローズはまだまだ元気らしい。若さが眩しい。

「さすがは聖女様でした！　国内だけでなく国外の事情にまで精通し、どんな疑問にも端的かつ的確に回答！　人々はきっと、聖女様にならこの国をより良き方向へと導いてくれると確信したはずです！」

「……それならいいのですが」

グイッと身を乗り出して目を輝かせるローズ。謙遜《けんそん》するように答えつつ、私は目をそらした。

――あの後もリックに引き続き、政治やら経済やらの難しい質問が続いたが、適当に答えてもローズが「さすが聖女様です！」と言いながら勝手に補足してくれた。

もちろん精通しているのはローズだけ、私には何もわからない。ローズならこの国をより良き方向へと導いてくれると私は思う。

『最高の結果ッスねぇ。これで国民からの期待も爆上がり、売り上げも爆上がりッスよ』

『代わりに私の仕事は増えたけどね……』

『全部ローズがさばいてくれたんだから文句は言えないッスよ。っていうかローズに頼りすぎッス。もっと自分で考えないとだめッス』

『そもそも頭を使う話はあんたの担当でしょうが。あと、ちゃんと後半は私が答えたし』

『あれも良かったッスねぇ。いろんな意味で』

『やっぱり私に向いてるのはああいうのよ』

難しい質問が前半に集中したが、そんなのばかりではない。質問者側もネタ切れしたのか、後半には私でも答えられる身近なお悩み相談がたくさん集まった。

「どうやったら人間関係がうまくいくんでしょうか」

「肉を食べ、酒を飲みましょう。人間関係なんてどうでもよくなります」

「将来が不安です」

「お腹いっぱい食べてたっぷり眠りましょう。起きたら不安は消えています」

……などなど。

振り返ってみても、我ながら実践《じっせん》的かつ効果的な回答を揃えられた自信がある。何せ私自身が軍人時代にやってきたことなのだ。ご飯とお酒があれば何だって乗り越えられる。

「聖女様、この後の予定をお伝えしますね！　午後は軍や商人ギルドなどへの訪問と顔合わせですが、その前に一度宮殿に帰ります。昼食休憩です！」

わーい。宮殿専属のシェフが手がける料理は、聖女生活における最大の楽しみである。

マリーヌは裏切ってもご飯は裏切らない。ご飯最高！

「ちょうどお腹《なか》が空《す》いてきました。さっそく戻りましょう」

「わかりました！　それでは出発しま――」

「せいじょさま！」

ローズの元気な声を遮るように、舌足らずな声が聞こえた。私は車体から身を乗り出して下を見る。そこにいたのは幼い女の子だ。

五歳くらいだろうか。身なりはお世辞にも整っているとは言えず、裕福な家庭の子には見えない。孤児院時代を思い出し、親近感が湧いた。

「聖女様、私が対応しますよ！」

「いえ、問題ありません」

「あ、聖女様——」

ローズが制止する前に馬車から降りた。

駆け寄ってきた女の子に向き合い、しゃがんで目線を合わせる。

「どうしましたか？」

私は小さく微笑み、優しく声をかけた。我ながら聖女っぽい仕草だったと思う。

しかし女の子の表情は緩まない。むしろ切羽詰《せっぱつ》まった様子だった。

「せいじょさま、ぱぱをたすけて！」

私の目を真っすぐに見て女の子が叫ぶ。子供の悪ふざけには見えない。

『事件の匂いッスか？』

『いや、違うわね』

軍人時代を思い出して体が強張ったが、幸いすぐに父親と思われる男性が駆け寄ってきた。

「こらアンナ！　こっちに来なさい！」

「ぱぱ！」

男性は女の子を私から引き離す。

「ぱぱ、せいじょさまならおねがい、きいてくれるよ！」

「……聖女様、大変申し訳ございません。娘がご迷惑をおかけしました」

無邪気な女の子とは対照的に、男性は身を縮こませながら謝ってくる。先ほどの会に親子で参加していたのだろう。

「いえいえ、気にしていませんよ」

「そう言っていただけると助かります。それでは失礼いたします」

「待ってください」

男性は身を引こうとしていたが、私は呼び止めた。

いくら幼い子供とはいえ、国民からの声を無視するわけにはいかない。

「先ほどアンナさんから、パパを助けてほしい、とのご要望をお聞きしました。事情を伺《うかが》わせていただけますか？」

「娘がそんなことを……いえ、聖女様に申し上げるほどの話では――」

「国民の声を聞くのも聖女の務めですから。ローズさん、いいですよね？」

「もちろんです！」

はっきり断言してから、隣まで来たローズに確認を取る。

男性はなおもためらっていたが、私の意志の固さに折れたのか、静かに話し始めた。

「……私は商店を営んでいるのですが、最近は仕入れが不安定になっていて困っています。というのも最近、盗賊による被害が地方で増えているんです」

その話を聞いて思わず表情が硬くなる。

地方での盗賊の取り締まりは——軍人時代の私の仕事だ。

「聖女様はアリシアさんという方をご存じですか？」

自分の名前を出され、心臓がキュッとなった。それでもなんとか落ち着いて答える。

「はい、先の戦争で亡くなった方ですよね」

「そうです。友人から聞いた話では、昔は盗賊も多かったらしいですが、数年前からアリシアさんが取り締まりを行うようになり、盗賊は根絶されたそうです」

記憶がよみがえってくる。私が軍に入隊してすぐに与えられた仕事だ。

地方に行くのは面倒だし、事によっては身の危険もある。誰もやりたがらない仕事だったため、そこで成果を上げて以降はずっとハルバーに押しつけられていた。私にとってはそれほど大変な仕事ではなかったけど。

「ですが、この前の戦争でアリシアさんは亡くなってしまい、取り締まる者がいなくなった結果、盗賊たちの数が元に戻ってきているんです。軍の方でも人手の調整がうまくいっていないのか……」

男性は仕方がないことのように話すが、事情は私が一番よく知っている。誰もやりたがらず野放しになっているのだろう。

――私が軍を抜けたらどうなるかなんて、考えればすぐにわかることだった。だから、この現状を招いたのは……。

『アリシアさんのせいじゃないッスよ。悪いのは犯罪を取り締まらないフロール軍ッス』

『……そうね』

私の心を見透かしたようにマリーヌが言う。確かにそうなのだが、それでも心は晴れない。

重苦しい空気を感じ取ったのか、女の子が声を上げる。

「せいじょさま、ぱぱをたすけて！」

「こらアンナ。……私の商売も大変ですが、むしろ心配なのは旅商人の方ですよ。今日の午後にもやってくる予定ですが、今回も無事だという保証はどこにもありません」

男性は目を伏せながら話す。深刻なその内容にローズが反応した。

「なるほど……貴重な情報提供をありがとうございます。宮殿に帰り次第、軍や国王様に掛け合ってみましょう。それでいいですよね、聖女様？」

ローズは許可を求めるようなニュアンスで私に尋《たず》ねる。すぐに同意はできなかった。

——ローズの対応は十分国民に寄り添ったものだと思う。軍にいた魔術師たちなんてサボるために、「平民をわざわざ助ける必要はない」「弱いやつが悪い」と、盗賊たちを正当化さえしていたのだ。ローズのような貴族はとても珍しい。

だがそれでも——今は、そんな悠長なことを言っている場合じゃない。

「少しパトロールしてきます。すぐに戻りますので、よければ先に帰っておいてください」

「え？　いやいや、聖女様の手を煩《わずら》わせるわけには……って聖女様っ!?」

ローズの言葉を待つことなく、私は上空へと飛び立った。

＊

魔術師にとって最も速い移動手段は空を飛ぶことだ。転移魔術は念入りな下準備が必要だし、地上を飛ぶには障害物で溢れている。

とはいえ、空を飛ぶのは見た目以上に疲れる。姿を隠すための光魔術の併用はほぼ必須《ひっす》だし、速度を出せば物理的な負担も馬鹿にならない。

『速すぎるッス！　酔っちゃうッスよ！』

『目を閉じとけばいいだけでしょ』

『だめッス！　未知の景色から目をそらすなんてジャーナリスト失格ッス！』

『変なところでプロ意識あるわよねあんた』

それでも最高速で向かわないといけなかったのは——経験上、旅商人の往来が増えるこの時間帯は、最も盗賊たちが活発になるからだ。


「わかるか？　結局この世界は、魔術を使えるやつが偉いんだよ」

フロール王国北部、帝国へと通じる街道で事件は起こっていた。

私は魔術で身を隠したまま、空から様子を窺《うかが》う。その場に見えるのは、たくさんの食料が積まれた荷車。そして商人と盗賊である。

「待ってくれ！　それを届けないとうちの今月分の稼ぎが——」

「だから何だってんだ？」

商人側は、家族と思《おぼ》しき三人連れ。父親と母親、そして少年だ。父親が前に立ち、母親は少年を庇《かば》うように手を繋いでいる。

そして三人と対峙《たいじ》しているのが大柄な男だ。会話を聞くに盗賊で間違いないだろう。

他にもその仲間らしい小柄な男が荷車を漁《あさ》っていた。帝国から入ってくる希少な食料や加工品を選別しているのだろう。

「この世界は力がすべてだ。お前らも魔術師の護衛を雇ってりゃ、こんなことにはならなかったんだよ」

「それは……」

父親は言い返せず、悔しげな表情を浮かべることしかできない。

男の言うことは正しい。しかし実際、魔術師はそう気易く雇えるものではない。ギルドにもそんなお金はないのだろう。

「親分、終わりましたぜ」

「おう、じゃあ帰るか。お前ら、盗賊には気をつけろよ！」

選別を終えたらしい腰巾着《こしぎんちゃく》が言い、男は商人たちに捨て台詞《ぜりふ》を吐いた。盗賊二人が立ち去ろうとして、商人たちとの間に距離が開く。

――ここが打って出るタイミングだ。盗賊の実力は未知数だが、今なら攻撃を受けてもあの家族を巻き込まずに済む。

さて。昔なら不意打ちで良かったが、聖女らしい解決方法は何だろうか。

そんなくだらないことをマリーヌに尋ねようとした――その時だった。


「神様は見てるぞ！」


それまで静かに俯いていた少年が進み出て、盗賊に向かって叫んだ。男たちが振り向く。

「やめてルーク、大丈夫だから――」

「天界から神様は見てるんだぞ！　悪いやつにはいつか天罰が下るんだぞ！」

両親は必死になだめようとするが、少年は反抗的な目を向けるのをやめない。

『悪いことをすると神様から罰が下る、それがカタリア教の教えッス。信心深い少年ッスね』

マリーヌが冷めた口調で解説してくれる。立派な教えだが、役には立たないだろう。

「ナメたこと言ってんじゃねェ」

「……っ！」

少年が後ずさるほどの凄《すご》みを見せてから、男はほくそ笑んだ。

「勉強熱心なルークくんに教えてやるよ。神様なんかいねェ。この世界は力がすべてだ」

男は少年に歩み寄る。圧倒的な体格差に少年の足はすくみ、両親も手を出せない。

——男の言う通りだ。力がなければ力のある者に従うしかない。その力は武力や魔力であったり、時には身分であったりする。私はそんな世界が……あまり好きではない。

『天罰が必要なのは今なんじゃないッスか、聖女様？』

マリーヌはどこか愉快げにつぶやく。言われなくてもわかっている。

「魔術を使うまでもねェ。力の差を脳に刻み込めガキが——」

「——お待ちください」

今にも拳を繰り出そうとした男の目の前に、私は悠然と降り立った。

「……お前、どっから現れた⁉」

それなりに戦いの経験はあるのか、男が警戒して私と距離を取る。少年は「聖女様⁉」と驚きの声を発した。

私は振り返り、固まる商人一家に「もう大丈夫ですよ」と微笑みかける。一方盗賊サイドでは、腰巾着が慌てた様子で男に耳打ちしていた。

「まずいです親分！　ありゃ聖女様ですよ！」

「はあ？　聖女だァ？」

「なんで知らないんですか親分！　フロール・ゴシップスでも特集されてましたよ！」

こんな盗賊も読んでるのか、フロール・ゴシップス。マリーヌは『新聞は誰にでも平等ッスからねぇ』などとつぶやくが、残念ながら購読者が一人減ることになりそうだ。

私は静かな口調で男に問いかけた。

「事の一部始終は空から見守っておりました。あなたたちは罪なき商人を襲い、不当に商品を奪おうとした。違いますか？」

「違わねェな。だから何だってんだ？」

男はごまかす素振りも見せない。よほど自分の腕に自信があるのだろうか。そして閃《ひらめ》いた。

――今までなら火を噴き上げて済む話だったが、ここは聖女っぽく解決してみよう。

「強さこそ正義、それがこの世界のルールだろうが！」

距離を取ったまま、男は右の手のひらを私に向けた。魔力を込め、炎なり雷なりを私に浴びせるつもりだろう。

――だが。

「……あ？」

向けられた手のひらからは何も出ない。男の顔が強《こわ》ばっていく。

「どうしましたか親分！」

「お、俺の魔術が発動しねェ！」

本気で焦《あせ》る男に微笑みながら、私は胸の前で両手を合わせ、祈るようなポーズをとる。

マリーヌに教えてもらった、聖女様っぽいポーズだ。

「神は見ています。神はあなたから魔術を奪いました」

「あぁ!? マジで言ってんのか!?」

何度力を込めても意味はない。男の伸ばした右手が滑稽《こっけい》に見えてきた。

『へー、魔術を奪うなんてできるんスか？』

『この距離ならギリギリね。ホントのところはちょっと違って、発動した魔術を即座に打ち消してるだけよ。でも、魔術を使えなくなることがあるって勘違いさせとけば、二度と盗賊なんてできなくなるでしょ？』

『ははー、ホント魔術に関してだけは器用ッスねぇ』

そんな会話をしているうちに、男は魔術による攻撃を諦《あきら》めたようだ。そして険《けわ》しい顔で私を睨《にら》みつけた。

「クソッ！　魔術なんて要《い》らねェ！　女ごときぶん殴っちまえば――」

「そうはさせません」

「ぐあっ……！」

もう手加減は必要ない。荷台にあったロープを操り、盗賊二人をぐるぐる巻きにする。

――盗賊退治、一丁上がりだ。

「この俺が、女ごときに……」

「ほら言わんこっちゃない……」

盗賊たちはブツブツつぶやいているが、もはや何もできない。宮殿に帰るついでに軍へと引き渡してしまおう。いい手土産《てみやげ》ができた。

「……さて」

ひと仕事終えたところで商人一行の方を見る。目の前にいるのは少年だ。

「あ、ありがとうございました！」

体をカチカチにして私に礼を言う少年。その頬は赤く上気していた。興奮している様子だが、ついさっきまで盗賊と対峙していたのだから無理もない。

――助けに入るのが遅れたせいで、怖い思いをさせてしまった。ここはひとつ聖女らしいことをしておこう。

私は少ししゃがんで目線を合わせ、少年の頭を撫でた。

「よく頑張りましたね。盗賊にも臆せず神の教えを説くルークさん、カッコ良かったですよ」

そう言って優しく微笑みかけた。言葉には親しみを込めたつもりだったが、しかし少年は目をそらしてしまう。

「は、ひゃい！　ありがとうございます！」

上ずった返事をする少年の顔は耳まで赤くなっていた。むう。

その動揺を鎮めてあげるつもりだったが、効果はなかったか。ゆっくり体を休めてほしい。

『……今、アリシアさんの新しい一面を見た気がするッス』

『そう？　まあ私は慣れてるけど、盗賊を捕まえる場面なんてそうそう見る機会ないわよね』

『いやそっちじゃないッス』

『はあ？』

マリーヌがわけのわからないことを言っている。いや、それはいつものことか。

追及しようとしたところで、ポツリとつぶやく声が聞こえた。

「……アリシア様？」

――その瞬間、体がビクッと震えた。そう言ったのは少年の母親だ。

まさかバレた？　いやそんなはずはない。ハルバーにだってバレなかったんだし。

最悪の想像が頭の中を駆け巡る中、恐る恐る夫婦の方を見る。

すると……私を見て二人が抱き合っていた。

「間違いないわ！　アリシア様の再来よ！」

「その言い方は失礼だろう！　聖女様のご降臨だ！」

「そうね！　これできっとこの地域にも平和が戻るわ！　ありがとうございます聖女様！」

……よかった、バレてはいなかった。

かつての私と重ねられているようだが、ギリギリセーフだろう。たぶん。

「さすがは聖女様です！　一瞬で盗賊を捕らえてしまいました！」

すると空からお馴染《なじ》みの声も聞こえてきた。声の主《ぬし》は地面にスタッと降りる。

「ローズさん、ついてきたのですか？」

「はい！　すぐに見失ってしまいましたが、なんとか魔力の跡をたどって追いかけました！」

少し息を切らしながらも答えるローズ。これだけの距離を飛ぶだけでもけっこう大変なはずで、貴族というだけあって魔術の腕もなかなかのものらしい。

……じゃなくて。

「いえ、私は当然のことをしたまでで——」

「違います！　普通なら軍に任せるような仕事でも、民の安全を想い、聖女様自《みずか》ら打って出るなんて！　やっぱり聖女様こそが民を導くべきお方です！」

ローズはキラキラした目で私を見つめる。ほとんど反射で体が動いたのだが、確かに聖女の仕事ではなかった気もする。

「おいおい、なんの騒ぎだ」

「あそこにいるのって聖女様？」

「みんな聞いて！　聖女様が盗賊を捕らえてくれたの！　アリシア様の再来よ！」

ローズが姿を消さずに空を飛んできたせいか、他の商人らしき人たちも集まってきた。

聖女様だアリシア様だと、あっという間に人の輪が広がっていく。

『……ねえ、もしかして大ごとになってる？』

『なってるッスねぇ。さすがはアリシア様ッス』

『うるさいわね。っていうか昔の私ってこんな扱いされてたの？　これもあんたのせい？』

『いつも任務が済んだらすぐ軍に帰ってたから知らないッスよね。ま、そんなところもミステリアスだったんスけど。それより、黙ったままでいいんスか？』

マリーヌが笑いを含んだ声で言う。

気づけば騒ぎは収まり、私に期待の視線が注がれていた。アリシアの再来を期待する目。

——ああ、こうなったらもうヤケクソだ。

「皆様ご安心ください！　アリシアさんがいなくなった今、フロールの治安は私が守ります！」

「おおおおっっ!!」

「聖女様万歳!!」

再び歓喜の声が上がり、商人たち（なぜかローズも一緒）の大合唱が私を包んだ。

＊

「はああああああああああ疲れた」

私は大きく息を吐き出しながら、お湯が張った湯船に体を預けた。

場所は私の部屋にある風呂場だ。ここにお酒があればもう最高なのだが、今は我慢。

『そういう声は口に出しちゃだめッスよ。何があるかわからないッス』

『今くらい良いでしょ。ずっと気張ってて疲れたし、そうじゃなくても今日は働きすぎたわ』

今はローズの監視もなく、一人になれる時間だ。プレッシャーからの解放を感じつつ、今日一日を思い返す。

——朝起きて、ローズに連れられて「国民の声を聞く会」に臨《のぞ》んだ。それが終わって昼食休憩と思いきや、流れで盗賊を捕らえた。

その後は宮殿に戻り、盗賊を引き渡した。さらに午後は各地の商人ギルドを訪ね、私がアリシアの代わりになると宣言して回ったのだ。

……どう考えても働きすぎである。明日からはマシになると信じたいが……。

『ちょっと待って？　私がアリシアの代わりになっちゃったら、むしろ聖女の分だけ今までより仕事増えるんじゃないの？』

『おお、よく気づいたッスね』

『何してくれてんのよ。仕事をしたくないから聖女になったのに……』

『いやいや、今回ばかりはアリシアさんのせいッスからね。自分から仕事を増やしたんス』

『……返す言葉がないわね』

確かにそうだ。あの時、私がアリシアの代わりになると宣言しなければ。もっと言えば、私がパトロールに飛んでいかなければ、聖女以外の仕事は増やさずに済んだ。

──だが、不思議と後悔はなかった。

昔は面倒だと思っていたパトロールという仕事を、むしろ今は前向きに捉《とら》えられた。軍での扱いが悪すぎて目に入らなかったが、私も誰かの役に立っていたのだ。

『それにしても、なんか懐《なつ》かしいッスね、こういう感じ』

『……いきなり何よ？』

『思わないッスか？　なんだか昔に戻ったみたいッス』

マリーヌがしみじみとつぶやく。実は私も、聖女になってからずっとそう思っていた。

こうして交信魔術を繋いで、マリーヌが私に無茶苦茶な指示を出して、私が振り回され続ける……そんな孤児院時代の記憶がよみがえってくる。

私が軍人として働いている間も、マリーヌは何も変わっていなかった。

『やっぱり私、あんたのこと嫌いだわ』

『つれないッスねぇ。アタシはアリシアさんのこと大好きッスよ』

『どうせおもちゃとしてでしょ』

『その通りッス。私が好きなのは面白いものッスから』

『はいはい』

ここで悪びれもせず開き直るのがマリーヌだ。これも昔から変わっていないが、マリーヌとは話しているだけでも疲れる。

ここは軽くあしらって、じっくりお風呂を堪能《たんのう》しよう。――そう思った時だった。

「聖女様、お待たせしました！」

体がビクリと跳ねる。突然扉が開き、元気な声が響いたのだ。思わず声のした方に目を向ける。

「ローズさん？　なぜここに？」

「もちろん、いつも聖女様のおそばにいるのが私の務めですから！」

風呂場にまで入ってこなくてもいいと思うが、堂々と答えられては言葉に詰まってしまう。そしてもう一つ困ったことがある。ローズを見た瞬間、私は咄嗟《とっさ》に目を閉じていた。

「……聖女様？　私は見られても気にしませんよ？」

「いえ、目を休ませているだけですよ」

――そう。ローズはタオルも何も持たず、一糸纏《いっしまと》わぬ姿で入ってきたのだ。

見ていいと言われても、今の私の視界はマリーヌに垂れ流し状態だ。いくら女同士とはいえ、さすがにこの姿を私以外の人間に見せるのは良くないだろう。目を閉じたままやり過ごすしかない。

だが――私のそんな決意とは裏腹に、マリーヌは差し迫った声で私に語りかけてきた。

『緊急事態ッス。ちゃんとローズの体を確認させてほしいッス』

マリーヌらしくない、いつになく真剣な声だった。風呂場にはふさわしくない緊張が走る。

『どういうことよ。いくらなんでも他人の裸を見せるのは……』

『そんなの今更ッスよ。それより、事態は一刻を争うッス。早くローズの姿を見せるッス』

『……わかったわよ』

こんなんでもマリーヌは頭が回る。私には想像もつかないが、ローズの体を見なければならない理由が何かあるのだろう。心の中でローズに謝りながら私は目を開く。

そして、ローズの裸体を直視した瞬間――マリーヌが高ぶった声を上げた。

『やっぱりッス！　おっぱいが超デカいッスよ！』

『ぶっ飛ばすわよあんた』

くだらなすぎる。私の葛藤《かっとう》を返してほしい。

『いやいや、これは売上を伸ばしうる重大発見ッスよ！　もっとおっぱいが目立つ服を着せるべきッス！　きっとアリシアさんが言えば着てくれるッス！』

『聖女のすることじゃないでしょそれ』

『いやぁ、それにしてもデカいッスね。アタシたちとは大違いッス』

そう言われ、湯船に浸《つか》った自分の胸に手を当ててみる。そしてローズの胸に目を戻す。

……まあ、確かにデカい。だからなんだってわけでもないが。

『あんなサイズ、今までの人生でも見たことないッス。さすがは大貴族ッスねぇ』

『貴族は関係ないでしょ』

『そうでもないッスよ。貴族は子供の頃からいいもんばっかり食ってるッスからねぇ。アタシたちとは発育が違うんス』

『……ふーん？』

そう言われてみるとなんだか腹が立ってきた。

思わず目にも力が入る。じーーっ。

「そ、そんなに見られるとやっぱり恥ずかしいかもです……」

『おおっ、このポーズもなかなかそそるッスねぇ』

ローズは頰を染め、戸惑《とまど》いがちに胸を手で隠した。

そんな可愛らしい顔で見てきても騙されない。この豊満な球体には、今までローズが食べてきたたくさんのお肉が詰まっているのだ。

『見てなさいよ、私もたくさん食ってやるんだから』

『その意気ッスよ。そうすればアリシアさんもお色気要員に昇格、売上も上昇ッス』

『あんたの新聞のためじゃないわよ』

聖女になってからの目標が一つ増えた。だがまあ、それはそれとして。

私はローズから目線を外し、体を移動させて湯船のスペースを空けた。

「体が冷えてしまいますよ。お入りください」

「わぁ……！　ありがとうございます！」

ローズはパッと表情を輝かせ、私の右側に入ってきた。お湯が湯船から溢れる。

一人用の湯船なので当然ながら狭い。並んで座ると腕が当たる近さだ。

――こうして肌に触れてみるとよくわかる。顔も身長も可愛らしいくせに、胸に限らず全体的に肉付きがいいのだ。丸焼きにして食ってやろうか。

「聖女様のお体は細くて羨《うらや》ましいです！　最近ちょっと太ってきてしまって」

「……健康的でいいと思いますよ」

嫌味に聞こえるが、もちろんローズなのでそんなわけはない。

それを示すように、ローズは身を寄せて私に肩をくっつけ、首をコテンと預けてきた。さらに狭くなってしまうが、不思議と悪い気はしない。

ローズは顔を私に向け、人懐っこい声で言う。

「私、聖女様のような素晴らしい方の専属メイドになれて嬉しいです」

「いえいえ、大したことはしていませんよ」

「そんなことありません！　聖女様は民の気持ちに寄り添えるお方です！　国民のことを考えない貴族だってたくさんいるんですよ！」

ローズはぷんすかと忙しく表情を変える。民のことを考えてると言われても、そりゃあバリバリの最下層出身だし、とはもちろん言えない。

と同時に、今まで気になっていた疑問がふと口から出た。

「そういえば、ローズさんは国民のことを大切に思っていますよね。そうではない貴族も多いという話ですが、何か理由はあるのですか？」

そう。私が軍にいた頃は、貴族の男たちも、たまに見かけるその家族も、男女問わず私を見下している感じがあった。貴族は平民よりも偉いと考えている人間が大多数のはずだ。

だが、ローズからはそんな雰囲気が一切感じ取れない。ずっと不思議だった。

「それは……」

私の質問に対してローズは迷うような素振りを見せる。

それでも、結局は背筋を伸ばし、少し恥ずかしそうに話し始めた。

「私も貴族の教育を受けた身です。平民は学も浅く野蛮な存在だと、家ではずっとそう教えられましたし、そう信じていた時期もありました。今となってはお恥ずかしい話です」

「……」

「でもそれが変わったのは……五年くらい前のことでしょうか。その日、私はこっそり家を抜け出して、一人で街に行ったんです。当時は家にこもりきりで教育を受けていて、危ないから一人で家を出ちゃだめだと言われていましたが、そう言われると行きたくなってしまってへ、とローズは可愛らしく舌を出す。昔からわんぱく少女だったらしい。

「でもそれが間違いでした。悪い人たちに誘拐されそうになったんです」

「え……」

「通りすがりの人に『美味しいものを食べさせてあげる』と言われてついて行ったら、いつの間にか表通りを外れて、大きな男の人に囲まれていました。今思えば魔術を駆使して逃げられたかもしれませんが……あの時の私は身がすくんでしまいました」

目を伏せながら話すローズ。悲しいことだが、ありそうな話だ。

ローズほど可愛い女の子なら好き者には高く売れる。街周辺で活動するほどの玄人《くろうと》なら、ローズの服を見て貴族と見抜き、あわよくば身代金《みのしろきん》をせしめることまで視野に入れるかもしれない。

何にしろ、人攫《ひとさら》いには格好の獲物だっただろう。

「私は後悔しました。そして思ったんです。やっぱり平民なんて野蛮な人ばかりで、関わるべきじゃなかったんだって。家族や家庭教師さんの言う通りだったんだって」

「……」

「そうやってすべてを諦めた時……私を救ってくれたのがアリシア様でした」

「え？」

――思わず「あ！」と叫びそうになった。おぼろげな記憶がよみがえってくる。

男たちに囲まれ、今にも泣きそうになっていた小さな女の子。偶然近くを通りかかったが、助けを求めていることはすぐにわかった。

「アリシア様は男たちに声をかけると、圧倒的な魔術による威嚇だけで瞬く間に追い払ってしまいました。その後は私を家まで送り届けてくれて、名乗ることもなく去っていって……とってもカッコよかったです……えへへ～♡」

うっとりとした目で遠くを見つめるローズ。ちょっと怖い。

「ローズさん、よだれが垂れてますよ」

「はっ、失礼しました！　何の話でしたっけ……そうです、その時に気づいたんです！　貴族も平民も孤児も関係なく、いい人もいれば悪い人もいるって。助けてもらっただけではなく、今の私がいるのはアリシア様のおかげなんです！」

美しい思い出を嬉しそうに語るローズ。そこまで言われると胸がむず痒《がゆ》くなる。

『初耳ッスよ。ローズのこと知ってたんスか？』

『いや、私も今思い出した』

『えー、そんな劇的な出会いだったのに忘れてたんスか？』

『そう言われてもねぇ。その手のやつは見かけたらいつも助けてたし』

『はあ、そういうところもアリシアさんらしいッスね』

『アホで悪かったわね』

マリーヌはやたらと記憶力が良く、大事なことからしょうもないことまで何でもかんでも覚えているが、私にそんな能力はない。今を全力で生きているのだ。

「私はアリシア様にお礼を言いたかったんです。しかし当時の私は、アリシア様の名前すら知ることができず、一平民を探すために家を出るなんて到底許されませんでした。諦めるしかなかったのですが……数年が経《た》ったある日、再会の時は突然やってきたんです！」

「……再会？」

私とローズはその後にも会っていた？　本当に覚えがない。やっぱり私はアホなのか。

そんなことを考える私に、ローズはグッと顔を寄せた。

「そう、フロール・ゴシップスとの出会いです！」

「はあ」

気の抜けた声が出てしまった。マリーヌの新聞？

「当時の私は国の現状を学ぶため、街に出回っているありとあらゆる新聞に目を通していました。そんな中で、軍服に袖《そで》を通すアリシア様のお写真を発見したのです！　一目でわかりました！」

『創刊号じゃないッスか！　記者冥利《みょうり》に尽きるッスねぇ』

ローズが、そしてマリーヌが声を弾《はず》ませる。

マリーヌが案外本当に嬉しそうなあたり、こんなんにも新聞記者として自負するところがあるらしい。ならもっとまともな記事を書けばいいのに。

「あの時は泣くほど嬉しかったですし……新聞を読むにつれて私は確信していきました。アリシア様こそ、貴族と平民の橋渡しになるお方だと！　圧倒的な魔力とその優しさで以《もっ》て、生まれは魂の気高《けだか》さに関係ないと示す、新時代の象徴になると！」

ああ、これはもうすっかりマリーヌに毒されている。でたらめ新聞の煽り文句のせいで私を神格化してしまった。全部マリーヌのせいだ。

「アリシア様が軍に入ってからも、家族に止められて会うことは叶《かな》いませんでした。しかし、アリシア様がしかるべき役職に就《つ》くのは時間の問題です！　そうなった暁《あかつき》には、堂々と会ってお礼を言う、そう決めていたんです！」

興奮に任せて勢いよくまくしたてるローズ。しかしそこまで話すと一転、しゅんと下を向いてしまった。

「ですが、アリシア様は亡くなってしまいました」

「……」

「出自が悪いからと、その活躍に見合わない身分のままで……役職を与えていただけるようにとフィルシオ様にも頼んで、少しずつ前に進んでいた……そんな矢先のことでした。ショックで三日間寝込みました」

驚いた。そんなことまでしてくれていたのか。胸がキュッと苦しくなる。

「暗い話になってしまいすみません。でも、そんな時に召喚されたのが聖女様でした」

ローズは顔を上げ、私の目を覗き込んだ。

「聖女召喚の儀に参列した私は……聖女様を見て確信したのです！　聖女様はアリシア様と同じく、民に寄り添えるお方だと！　肉と酒なんて言葉、そうでなければ出てきませんから！」

いろいろと思い込みが激しすぎる。あとあの時のことはもう忘れてほしい。

「なので……不敬なのはわかっているんですが、聖女様にアリシア様を重ねてしまうんです。大人のアリシア様は紙面でしか知りませんが、姿すらもどことなく似ている気がして」

「いいえ全然似てません」

「そうですよね……わかってるんですけど」

ローズは苦笑いを浮かべる。危なかった、マリーヌの細工が完璧で助かった。

——出会う形が違えばどうなっていたのだろう、とふと思う。私は孤児出身の軍人で、ローズは貴族の娘。今と同じような関係性になっていたのか、それともまったく違ったのか。

だが今となっては、私がアリシアだと伝えてあげることすらできない。そう考えたとき、自然と体は動いた。

「……聖女様？」

私はローズの方に体を向け、そのまま優しく頭を撫でた。今日の昼、私にやってほしいと言っていた仕草。ローズは驚いたように私を見る。

「ローズさんの想い、確かに受け取りました。そして私ももちろん、ローズさんと同じ未来を目指しています。アリシアさんの遺志《いし》も継ぎ、国民の幸せをともに作り上げていきましょう」

「聖女様…………嬉しいです！」

「うわっ！」

ローズはぱあっと花が咲くような笑顔をほころばせ、私に覆い被さるように抱きついてきた。狭い湯船の中でピッタリと体が密着する。

暑苦しい。顔が近い。胸を胸に押し当てないでほしい。頭は撫でやすくなったけども。

『これが噂に聞く百合《ゆり》営業ッスか。ローズもわかってるッスねぇ』

『百合、営業？　どういう意味？』

『なんでもないッス。っていうかまたそんな約束して、どうなっても知らないッスよ』

『……まあ今回はあんたのせいじゃないし。私だってちょっとは頑張るわよ』

勢いでいろいろ言ったが、ますますローズからの期待が膨らんでしまった気がする。聖女になったらもっとひっそり生きていくはずだったのに、何かがおかしい。

頭を抱えたくなっている私に、ローズが追い打ちをかけた。

「さっそく明日は国を変えるチャンスですよ！　両国間の現状と今後について帝国の大臣と論議する、極めて重要な外交会議です！　頑張りましょう聖女様！」

「……初耳ですけど、その会議に私が？」

「はい、聖女様の顔合わせも兼ねてますので！　あ、心配しなくても大丈夫です！　聖女様と私だけが参加するように手配しました！　聖女様の邪魔は誰にもさせませんから！」

終わった。外交なんて私に務まるはずがない。ローズはそんなこと塵《ちり》ほども思っていないだろうけど。

ローズがキラキラとした目で私を見る。その視線は眩しすぎたが目をそらすのも不自然なので、ローズの顔を首元まで引き寄せて頭を撫でた。ローズが「ん〜！」と声にならない声を上げる。

『マリーヌ、あんたにすべて任せたわ』

『ちょっとは頑張るんじゃなかったんスか』

『聞こえない覚えてない』

頑張るなんて二度と言わないようにしよう。私はそう心に決めた。

＊

「……聖女様、起きてください！」

「うぅ……あと五分……？」

「わぁ、寝起きの聖女様も可愛らしいです！　でももう起きないといけないので……えいっ！」

「うわっ!?」

いきなり体を抱きしめられて目が覚めた。目の前には可愛らしい女の子の顔がある。

「ローズさん、何やってるんですか……」

「えへへ、来ちゃいました」

ベッドに潜り込み私を抱きしめていたのはもちろんローズだ。昨日も似たようなことがあったが、そういえばそのことについて注意してなかった。

「明日からはベッドに入り込まずに声をかけて起こしてくださいね」

「でも聖女様、全然起きませんでしたよ。あと五分……って」

「…………その場合のみ許可します」

「了解です！　えへへ～」

　聖女になったからには寝起きも改善しなければ。そんなことを考えながら私はローズの腕をほどき、体を起こす。

　するとローズが一足先にベッドから降り、傍《かたわ》らのテーブルに置かれた紙を手に取った。

「聖女様に見せたいものがあるんです！　こちらをご覧ください！」

　ローズが広げたのは見慣れた新聞、フロール・ゴシップスである。そしてその内容は……。

「聖女様とその専属メイド、禁断の主従愛!?　入浴もベッドも二人で、まるで人生の伴侶《はんりょ》」

「うわぁ」

　ローズはこちらに新聞を向けながら見出しを朗読する。一字一句暗記しているらしい。

「さすがはフロール・ゴシップス、すさまじい調査力です！　とある政府関係者が情報源と書かれていますが、どこから漏れているんでしょうね？」

「さ、さあ」

「それにしても私が聖女様の伴侶なんて、畏《おそ》れ多いです……えへへ」

　ローズは赤く染まった頰に手を当てる。この新聞、いろいろと教育に悪い気がする。

『何してくれてんのよ』

『アタシは悪くないッス。アタシはただ、ローズの百合営業に全力で応《こた》えただけッス』

『だから百合営業って何なのよ』

『昨日ローズのプロポーションを見て確信したんスよ。アリシアさんとローズはセットで売り出すべきッス！』

何を言っているかわからない。いや、それはいつものことか。今更何を言っても無駄だ。

「ローズさん、こっちの世界に戻ってきてください。ご飯を食べに行きますよ」

「あ、はい！　もちろんです！」

こんな時は美味しいご飯に限る。お酒を飲める日はいつ来るのだろうか。

*

それからは昨日と同じく、聖女の衣装に着替え、ご飯を食べた。

しかし昨日と違うところが一つだけある。ローズの格好だ。

「メイド服もいいですが、こういうのも引き締まりますね！」

「ええ、よく似合っていますよ」

二人で歩く廊下にて。

ローズは私に見せつけるようにくるりと一回転し、ドレスがひらりと舞った。外行きのための正装である。

『今からでも遅くないッス！　もっと胸元が開いたドレスにするッス！』

『うるさい』

衣装選びの時からワーワーうるさかったが、徹底的に無視する。

もちろん胸元は開いておらず、布地が膝下までを覆っている。聞いた話だと、聖女である私より地味な衣装に、という意図もあるらしい。

「いよいよ帝国に出発です！　聖女様の晴れ舞台ですね！　その手腕を見せつけてやりましょう！」

「……そうですね」

そう、今日の仕事は外交である。何なら今でも気が重い。

だが聖女になった以上、外交に駆り出されることは仕方ない。一度きりのお役目なだけマシ、そう割り切ろう。

そんなことを話しながら、私たちは宮殿の玄関まで来た。扉を開けば外だ。

「さあ、それでは出発しましょ――」

「お待ちください」

後ろから声をかけられ、私たちは止まった。その低い声には聞き覚えがある。

私はしかめ面《つら》を浮かべないよう注意しながら振り返った。

「ハルバーさん？」

——私の元上司であり、儀式では私のことを偽者だと疑ってきた男。

そんなハルバーが片膝をつき、私に対して忠誠のポーズをとっていた。

「本日は護衛として、また外交の補佐役として、私もご同行させていただきたく存じます。フィルシオ様は『聖女様に判断を任せる』とのことです。どうかご許可をいただけませんか」

ハルバーは顔だけを上げ、粛々《しゅくしゅく》と言葉を紡《つむ》ぐ。儀式の時とは打って変わって、完全に私を聖女と認めた態度だ。

「それは、私を聖女だと認めていただけるということでよろしいのでしょうか？」

「あのような魔力を持つ者はフロールに存在しないばかりか、国外に目を向けても数が限られます。念入りに調査しましたが、どこかで有力な魔術師が失踪したという情報はありませんでした。今では、聖女様が本物であることに疑いの余地はないと考えております」

なるほど。変に「信じました」と言われるより納得できる理由かもしれない。

『一昨日のを見ても、あの魔力はアリシアさんだ、とはならないんスね』

『私の本気なんて見せたことなかったし』

『そこはもう何も言わないッス。護衛なんて全然要らなそうッスね』

『でも、サポート役として役立ちそうじゃない？　軍事とか政治とか絶対詳しいだろうし』

『まあ、ローズよりは頼りになりそうッス』

『で、会議が始まる直前に仮病を使って外交を押しつけるの』

『そうはさせないッスよ。まだサボるのは早すぎるッス』

やっぱりだめかー。名案だと思ったのに。

『ま、口ではこう言いつつ、腹の内ではまだ化けの皮を剝《は》いでやろうと思ってるかもしれないッス。適当にあしらうのがいいッスよ』

マリーヌの言うことはもっともだ。だが、かといって断り方も難しい。

ここまで下手《したて》に出られると、聖女としては「許しません」なんて言うわけにはいかないだろう。どう言葉を選べばいいだろうか。

そう頭を悩ませていた時——声を上げたのはローズだった。

「私は反対です！　兄さんなんて要りません！」

「……え？」

素《す》っ頓狂《とんきょう》な声が出てしまったのは、ローズがいきなり私の腰に抱きついたからではない。

兄さん？　ってことはローズが妹？　思わず二人を見比べる。

「お二人はご兄妹なのですか？」

「その通りでございます。ローズから聞いておりませんでしたか」

いやいや、そう言われても簡単には信じられない。容姿も性格もまるっきり違う。

と同時に、ローズの言葉を思い出す。家族は厳しかったとか、だから姉が欲しかったとか。

……ハルバーが兄だなんて、確かに大変そうだ。

「兄であるからこそ、私はローズの未熟さをよく知っております。いささか経験が浅く、他国との会談に同席したこともありません」

「そんなの関係ないです！　聖女様のパートナーは私ですから！」

「……ローズ、今は少し黙っていろ。兄の言うことが聞けないのか？」

「それを言うなら、聖女様は私のお姉さん、いえ人生の伴侶になってくれるお方です！」

「はあ？」

「これを見てください！」

ローズは懐から今朝の新聞を取り出し、バサッとハルバーに向けて広げた。

それ、持っていくつもりだったの？

「……なんだこれは」

「フロール・ゴシップスです！　聖女様の伴侶は私だとしっかり書かれています！」

いや書かれてはいない。勝手に思い込まないでほしい。

自信ありげなローズとは対照的に、ハルバーは目を細め、思い切り顔をしかめる。長年こいつの下にいたがこんな表情は初めて見た。

……ローズも大変だが、ハルバーもハルバーで同じくらい大変そうだ。

「だからなんだというのだ。そもそも、その新聞は信用できないから読むなと言っただろう」

「兄さんは何にもわかってません！　フロール・ゴシップスの調査力は素晴らしく、今回も載っているのは真実ばかりです！　ちゃんと政府関係者に聞いたと書かれています！」

「ならば、誰が情報を漏洩《ろうえい》したのか、徹底的に洗い出さねばなるまい」

ごめんなさい、犯人は私です。今後調査を受けるであろう政府関係者たちに心の中で謝る。

だがハルバーはローズと違い、マリーヌの新聞を信用しないだけの常識があるらしい。味方に引き入れるべきかもしれない。

「ローズの戯言《たわごと》には付き合っていられません。お聞きください、聖女様」

頬を膨らませるローズを無視し、ハルバーは私を見た。

「聖女様の使命がこの国をより良くすることならば、我々の使命はそれをサポートすることです。しかしながらそれは、聖女様を無条件に信頼することによって達成されるものとは考えておりません。時には聖女様の言動の真意を問い質《ただ》し、助言や提言を行うことも必要です。ローズにはその力が欠けており、私がその一助になればと考えております。どうかご決断をお願いします」

そう私に迫るハルバーの言葉には強い意志を感じた。

だってそうだろう。私の言動に問題があれば指摘する、暗にそう言っているのだ。思っていても私の前で言うのはすごい。

だからこそ、これがハルバーの本心なのだと思えた。ハルバーだってこの国を良くしようと強く思っている。私を偽者だと疑ったのも、その信念に基《もと》づいた行動なのだろう。

ハルバーは真剣な目で私を見る。今度こそ答えなければならない雰囲気だ。

——しかしそれを遮ったのは、またしてもローズだった。

「それでも、兄さんだけはだめです」

なおも食い下がるローズ。ハルバーは苛立《いらだ》たしげに言う。

「今は黙っていろと言っただろう」

「兄さんは召喚の儀式を台無しにしたんですよ。許されるべきではありません」

「……それを決めるのは聖女様であり、一度は許されている。いい加減下がっていろ」

「それはできません。だって、聖女様はあのことも知らないんですから」

「あのこと？」

私が聞き返すと、ローズはこれまで見たことのない表情を見せた。

「——アリシア様が死んだのは兄さんのせいです。私は許してませんから」

今までとは違い、頑《かたく》なな態度で怒りをにじませるローズ。いつも明るいローズだからこそ、
そして昨日の話を聞いたからこそ、その言葉はより重く感じられた。

これにはハルバーも気まずい様子で言葉を返す。

「……戦争に死はつきものだ。結果論でしかない」

「全然違います！　兄さんはアリシア様に単騎出陣を命じたんですよ！　アリシア様が死んで

もいいと思ってないとそんな命令できません！」

「違う、軍の被害を最小限に抑えるための判断だ。……まさか死ぬとは思わなかったさ。実力だけなら俺と並ぶものがあると見込んでいたのだが」

ハルバーは不機嫌そうに目をそらした。ハルバーが私の実力を認めていたことを意外に思う。

「実力だけじゃありません！　アリシア様こそ元帥《げんすい》にふさわしかったのです！」

「ふん、学のない小娘に務まるものか。アリシアに一度尋ねたことがある。仮に君の地位が上がったとしたら、どのようなことをしたいかと。するとあいつは『働きたくない』と答えたのだ。そんなやつに役職は与えられん。他にも──」

「二人ともそこまでにしましょう」

「……失礼しました。聖女様、どうかご許可を」

これ以上言い争うのは見たくない。ついでに私の過去が暴かれるのはもっと見たくない。

『出世街道が閉ざされてるの、完全に自業自得《じごうじとく》じゃないッスか』

『全然記憶にないんだけど。でもたぶん言ってる』

『とはいえ好都合ッスね。ハルバーは完全にアリシアさんが死んだと思い込んでるッス』

『……確かに』

『聖女になった今のアリシアさんなら、ハルバーを失脚させるくらい簡単ッスよ。ここで積年の恨みを晴らすッス』

マリーヌは愉快げにそう言うが、私の心は複雑だった。

——実際のところ、私を単騎出陣させるというハルバーの判断は間違っていなかった。現にこうして私は生きているし、他に被害も出なかったのだ。魔術師たちと出くわした時、私以外の味方がいればむしろ足手まといになっていただろう。

私が軍で迫害されていたのも、決してハルバーだけが悪いのではない。そういう世界なのだ。

「聖女様、ここはビシッと断ってください！」

ローズに決断を迫られ、私はハルバーの前に立った。すでに心は決まっていた。

「ハルバー・ラファングさん」

「はっ」

「誰にでも間違いはあります。神の名のもとに許し、同行を許可しましょう」

「聖女様！」

「深く感謝します。必ずや、神のお導きのままに」

ハルバーは私に頭を下げた。ハルバーの真意なんてわからないし、ローズはぷくーっと頬を膨らませて可愛らしく私を睨んでいるが、これでいい。

『アリシアさんってホントお人好《よ》しッスよね』

『そんなんじゃないわよ。今まで散々こき使われた分、今度は私がこき使ってやるわ』

『へいへい。どうなっても知らないッスからね』

わかった風に言うマリーヌの言葉を聞き流し、私は外への扉を開けた。

＊

生まれてこの方、ずっとフロールで生きてきた。孤児院時代はもちろん、軍人になってからもそれは変わらない。国の外に出向いて戦争を仕掛けるような余裕はフロールにはないのだ。そういうわけで、チェカロスト帝国に足を踏み入れるのは当然ながら初めてだった。いくら国の規模が違うといっても隣の国だし、フロールと大差ないだろうと思っていたのだが……。

「おお……」

帝都の街並みを見て、私は思わず感嘆の声を漏らした。

——帝都には、見たことのない世界が広がっていた。

何より違うのはパッと見の印象だ。帝国は車道と歩道が綺麗に舗装され、その境目には柵まで整備されている。

建物一つ一つの外観も美しく、フロールの土っぽい建物とは雰囲気が違う。おそらくフロールでは使われない材質が使われているのだろう。すべてにおいて衛生状態が良さそうだ。

そしてズラリと軒を連ねる商店はというと、青果店、服屋、宝石屋、エトセトラ。街が賑《にぎ》わっているとかそれ以前に、そもそもこれだけの店が立ち並んでいる光景はフロールにはない。

……何もかもがフロールより優れている。宮殿じゃなくてこっちに住みたくなってきた。

『戦争の時、あのまま帝国軍に連れ去られた方が良かったかも』

『酷《ひど》いッス。アタシのこと見捨てるんスか』

『あんたは私の何なのよ』

そんな調子でマリーヌと能天気な会話を交わしているあたり、私はもはや旅行気分である。

――が、険悪な雰囲気をまき散らしている女の子が隣に一人。

「聖女様は兄さんを選ぶんですね」

ローズはまだ拗《す》ねていた。私がローズに顔を向けると、つーんとそっぽを向いてしまう。

「いえ、そういうわけでは……」

「もちろんわかってますよ？　強さも知識も私より兄さんの方が上ですから」

「はい、ご理解いただけると――」

「理解はできても納得できないんです！」

頬を膨らませてそう主張するローズ。心底めんどくさい。

『めんどくさいッスねこの子。あと、こういう女が好きな男はみんな馬鹿ッス』

後半はちょっとよくわからないが、珍しくマリーヌと意見が合った。とはいえ放っておくわけにもいかない。

「では、どうすれば納得してくれますか？」

「……質問です。聖女様は私と兄さん、どっちが好きですか？」

「もちろんローズさんですよ」

消去法で。

「そ、即答……えへへ～、やっぱり許しちゃいます！」

ローズは頬を緩ませ、私の腕にべったりくっついてきた。

ハルバーよりマシなだけで満足なのだろうか。満足なら別にいいんだけど。

『やっぱチョロいッスねこの子』

またもや意見が合った。明日は雪が降るかもしれない。

「……聖女様、よろしいですか」

「は、はい」

後ろを歩くハルバーに声をかけられた。心なしか口調が冷ややかだ。

「会談まで時間がありますので、聖女様には街を視察していただきます。ですが、ローズのように旅行気分では困ります」

「旅行じゃなくてデートです！」

「聖女様には、フロールと帝国の差をご認識いただきたいのです」

ローズを完全に無視してハルバーが続ける。賢明だと思う。

「例えば、転移魔術一つをとっても技術の差があります。それはご理解いただけたはずです」

「ええ」

実のところ、この街までは転移魔術でやってきた。フロールと帝国の間には、双方の同意があって初めて発動できる転移魔法陣があるのだ。会談などの限られたシチュエーションのみで使えるものらしい。

これだけの距離を転移させるのは容易ではなく、実際に帝国側の魔法陣の仕組みはフロールでは解明されていないのだとか。さすがは帝国である。

「私はこの職に就く前、帝国のアカデミーで学を修《おさ》め、帝国の貴族階級と交流を深めました。フロールと帝国の差はよく理解していますし、だからこそ我々貴族がその差を埋められるように国を導くべきです。しかし恥ずかしながら、未《いま》だその糸口すら見つけられていません」

ハルバーは目を伏せながら、しかし冷静に語る。ローズと違って真面目すぎる……などと茶化してはいけないことは私にもわかった。

――ハルバーの言葉からは責任感、無力感が滲《にじ》み出ていた。

私には想像もできないが、貴族には貴族なりの苦労があるらしい。偉そうに命令するだけがハルバーの仕事ではなかったのだな、と改めて思う。

「帝国は軍事力にも経済力にも劣るフロールを軽視しており、不平等条約などの不当な扱いも受け入れるしかないのが現状です」

「本当に失礼ですよね！　今日だって聖女様がいらっしゃるというのに、帝国は護衛の一人すら寄越さないんですよ！」

ローズはぷんすかと怒る。言われてみればそうかもしれない。

確かに不当な扱いなのだろうが、私としては気が楽である。平日なので人影はまばらだし、道行く人々も私を聖女と認識している様子はない。

「わかりました、フロールとの差異を意識しながら歩いてみます……と、ここは？」

そう言っていると早速、今まで以上に見慣れない光景が立ち並ぶ場所に出た。

「このあたりはレストラン街ですね！　こんなに本格的なレストランなんて、フロールでは滅《めっ》多《た》にお目にかかれません！」

「レストラン街、ですか？」

「はい！　飲食店が立ち並び、様々な料理、世界各国の味が楽しめます！」

店の窓からは食事を楽しんでいる人々が見える。不思議な光景だった。

『飲食店なんて、食糧供給と衛生状態が安定してないとまともに開けないッスからねぇ。フロールの飲食店なんてカフェくらいッス』

『私、ああいうの入ったことないわ』

フロールのカフェも、ある程度の身分でないと入れないイメージがある。レストランなんてなおさらで、正直私には敷居が高かった。

レストランよりも私が惹《ひ》かれるのは……。

『見なさいマリーヌ、焼き鳥よ！』

『ホント肉のことになるとテンション上がるッスね』

この興奮はローズやハルバーには伝えられないので、とりあえずマリーヌにぶつける。

見つけたのは庶民的な風情《ふぜい》の屋台だ。網の上に焼き鳥が並べられ、白い煙がもくもくと上がっている。見ているだけでよだれが出てきた。

『鶏肉《とりにく》は珍しいのよ。あんただって滅多に用意してくれないじゃない』

『アタシの家はレストランじゃないッスからね』

貿易なんてまったく興味はないが、肉のことだけは知っている。国内ではなかなか育てられず、帝国との取引も制限されているとか何とかで、鶏肉は希少品なのだ。

『このチャンスを逃す手はないわ。絶対に食べてやるわよ』

『えー、聖女様が外交の前に買い食いッスか？』

『うるさいわね。黙って見てなさい』

何の役に立たないマリーヌを無視し、私は穏やかな声でローズに話しかけた。

「ローズさん、ここで何か食べてから行きませんか？」

「え、でもさっき宮殿で食べたばかりですよ？」

「わかっています。お腹が空いているわけではありません」

私はローズの前に立ち、その目を真っすぐに見た。

「先日の儀式で私は国民に、誰でも肉と酒を楽しめる社会を作ると約束しました。私は将来、フロールにこのような街を作りたいと思っています」

「聖女様……！」

「ですから、この身で確かめておきたいのです。フロールの手本となるこの文化を」

私は迫真の演技でローズを説得しにかかった。狙い通り、ローズの瞳がピカピカと輝く。

「さすがは聖女様、深いお考えがあったのですね！　是非ともここで何か食べましょう！」

「そうしましょう。ハルバーさんもいかがですか？」

「……そういうことでしたら異論はありません。時間もまだありますので」

予定外の行動のためか、ハルバーは少し怪訝な表情を浮かべたが、すぐに了承する。視察の目的にも沿っているので否定する理由がない。これで第一関門突破。

「それでは、聖女様にふさわしいレストランを探しましょう！」

「いいえ、そこの焼き鳥で結構ですよ」

「え、や、屋台ですか？」

私が指さした焼き鳥屋を見てローズは驚く。横から口を出してきたのはハルバーだ。

「お言葉ですが聖女様。フロールの代表である聖女様のイメージを保つためにも、屋台での買い食いは控えた方がよろしいかと思われます」

「いいえ、いいのです」

胸に手を当てながら、私は優しい声で告げた。

「国の状況を考えれば、フロールにレストランが並ぶ日はまだ遠いでしょう。私がレストランでの食事を楽しむのはその時で構いません。それよりも私はまず、誰でも焼き鳥を楽しめる未来を目指したいのです。そのためならば、私のイメージなど取るに足りないものです」

「ふむ……いやしかし……」

ハルバーは困り顔を浮かべる。なかなか新鮮な表情だ。

しかし私も、これでハルバーを説き伏せられるとは思っていない。狙いはローズだ。

「自らの贅沢《ぜいたく》を求めることなく、庶民の嗜好《しこう》に寄り添う……さすがは聖女様です！　それでは何本か買ってきますね！」

「いやちょっと待て……はぁ」

ハルバーの制止に耳を貸さず、興奮気味で走り出すローズ。私はただ微笑みながら見送る。

「あらあら、行ってしまいましたね」

「……困ったものです。仕方ありません、今回は焼き鳥を食べましょう」

ここまで来ればハルバーもこう言うしかない。第二関門も無事突破だ。

『どうよこの手際《てぎわ》。あんた並みじゃない？』

『ホント食べ物が絡《から》んだときだけは、知恵も舌もよく回るッスよね』

『褒め言葉として受け取っておくわ。食べられるときに食べないとね』

『貧乏性ッスねぇ。今は聖女なんスから、食べ物に困ることなんてもうないッスよ』

孤児院時代の感覚が染《し》みついていることは否定できない。いつでも食事にありつけるとは限らないのだ。

『でも、パシらせるならハルバーにしとけばよかったわね。今まで散々こき使われたんだし』

『可愛らしい仕返しッスねぇ』

「お待たせしました！」

さっそくローズが戻ってきて、手に持っていた紙パックを私に渡す。ここにすべての串が入っているようだ。

「たくさん種類があったので一本ずつ買ってきました！　聖女様からお選びください！」

「ありがとうございます」

紙パックの中を覗き込む。入っていた串は、もも・かわ・つくね・むね・はつ・軟骨の計六本。定番ながら充実のラインナップで、見ているだけでも脳が幸せになる。

どれも美味しそうだが、中でも一番タレがかかっていたももを手に取り、口の前まで持って行った。

――湯気が立ち昇り、濃厚な香りが鼻を抜けていく。

普段なら大口を開けてかぶりつくところだが、しかし今の私は聖女。頬が緩みそうになるのを抑え、大きく息を吐き、静かに目を閉じる。

「それでは、いただきます」

焼き鳥に意識を集中させ、口に入れようとした——その時だった。


「危ない!!」

「え?」


——突然首根っこを掴まれ、後ろに引っ張られた。

咄嗟に目を開く。体のバランスが崩れ、私の手から離れた焼き鳥たちが宙に舞う。そしてその軌道上を、高速で雷魔術が通過していった。……世界がスローモーションに見えた。

「聖女様!?」

『何が起こったッスか!?』

ローズとマリーヌの声が同時に響く中、ハルバーが「緊急事態につき失礼しました。ご無事ですか?」と言いながら私の顔を覗き込む。

私を引っ張ったのはハルバーらしく、倒れるかと思った私の体はハルバーに支えられていた。何が起こったかわからず固まった体を、そのまま優しく地面に置いてくれる。

——気づけば、辺りは騒然としていた。

地面に黒く焼け焦げた跡がある。おそらくさっきの雷魔術によるもの。無防備な人間に当たれば即死レベルの威力だろう。

「私は無事、なのですが……」

だが、雷魔術の跡なんてどうでも良かった。どうせ当たっても私なら無傷だ。

「ああ……」

私の目に映るのは――地面に積みあがった灰の山。雷に打たれて黒焦げになった、私が食べるはずだった焼き鳥のなれの果てだ。

そして無情にも、灰の山は風に乗り、サラサラと跡形もなく散っていった。

「ローズ、聖女様のそばに！　逃げるタイミングを窺え！」

「は、はい！」

「敵は異教徒と思われ、非常に手強《てごわ》い魔術師のようです！　ですが帝国軍が到着するまで、必ずや私がお守りします！」

気づいた時には四方八方から攻撃が飛んできており、ハルバーが防御魔術を展開していた。テキパキとローズに指示を出し、ついでに私に何か言っているようだったが、まったく頭に入ってこない。

目の焦点さえ定まらないまま、私は立ち上がる。

「聖女様！　私がついてます！　お気を確かに！」

「……食べ物を」

「はい？」

ローズを無視し、私は腹の底から声を吐き出した。

「食べ物を粗末にするなあああああああぁぁぁぁぁぁぁぁ!!!」


――後から聞いた話では、この瞬間、私を中心に爆風が巻き起こったという。

だがこの時の私に、そんなこと気にする余裕はない。

食べ物を粗末にする不届き者を捕まえなければ。心の中はそれだけだった。

「せ、聖女様？」

戸惑うローズを気にも留めず、私は周囲を見渡した。

今なお、複数の方向から攻撃が飛んできている。その狙いは明らかに私であり、ハルバー一人では防ぎきれなくなってきた。

「……ぐっ！」

そして今まさに、ハルバーの防御魔術が破れた。すべての攻撃が私に襲いかかってくる。

「聖女様、危ない！」

――だが、これはむしろ好都合だ。

「はあああっっっ!!!」

私は飛んできた攻撃を生身で受け止めた。当然ながら無傷。そしてすぐさま、魔術が飛んできた方向すべてに魔力を流す。魔術の通った後に残った魔力をたどるのだ。

狙い通り、私の体から幾筋もの光が伸びた。その先にいるのが敵だ。

「ふんっっっ!!」

その光を、まるでロープのように力強く引っ張る。物陰に隠れていた敵たちは全員引きずり出され、あっけなく私の目の前に折り重なった。

――総勢八名。異教徒の正装なのだろう、ご丁寧《ていねい》にみんな頭を布で覆っている。

「な、何が起こって――」

「あんたたち」

「「ひぃっ！」」

現状を認識する暇も与えず、私は仁王立ちで声をかけた。

異教徒たちは本能で危機を察したのだろう。すぐに並んで跪《ひざまず》き、ガタガタと震えている。

私は足元にあった、わずかに残っていた灰を右手にすくってみせた。

「これがなんだかわかる？」

「わ、わかりません」

「あんたたちが灰にした焼き鳥。つまり、大切な食べ物よ」

そう、食べ物は大切なのだ。

孤児院時代を思い出す。食糧難で孤児院に十分な食料が供給されず、一匹の魚をみんなと分け合ったこともあった。

もしかしたら、帝国ではそんなことなんて起こらないのかもしれない。それでも。

「世界にはね、お腹を空かせた人たちがたくさんいるの。信仰や戒律よりも大切なことよ」

ぐしゃりとこぶしを握りしめた。サラサラと灰が落ちる中、低い声で凄《すご》みを利《き》かす。

「そんなこともわからないなら……あんたたちも焼き鳥にしてあげようか？」

「「「すみませんでしたぁ!!」」」

「わかればいいのよ、わかれば。二度と食べ物を粗末にするんじゃないわよ」

頭を地面にこすりつけながら、コクコクとうなずく異教徒たち。これだけ言い聞かせておけば大丈夫だろう。

そうして一仕事を終えた気分になったところで、後ろから声をかけられた。

「聖女様、帝国軍がいらっしゃいました。後のことは任せましょう」

――あ、まずい。

私は一生懸命笑顔を作り（たぶん引きつってる）、体を震わせながらゆっくり振り返った。

声をかけてきたハルバーは眉間《みけん》にしわを寄せ、明らかに困惑《こんわく》していた。そして後ろにいる帝国の軍人たちにも会釈《えしゃく》してみたが、誰も私と目を合わせず、揃って表情をこわばらせている。

――同じような表情を浮かべたくなったが、ぐっとこらえた。

『……もしかして私、ミスった？』

『今更ッスねぇ。この数分間、完全に聖女じゃなくてアリシアさんだったッスよ』

『わかってたんなら止めなさいよ！』

『ほっといた方が面白くなりそうだったッス。ま、大丈夫ッスよ』

マリーヌはケラケラ笑いながらそう言うが、冷や汗が止まらない。胃がキリキリ痛む。

――盗賊の時とは違って、さっきは行動から言葉遣いまで全部アリシアだった。さすがにこれはバレた……。

「聖女様！」

するとと、ローズが私の前に進み出た。言い訳しなければ。

「違うんです、ローズ、今のは……」

「わかっています！　自分の身が狙われてもなお、食糧難に苦しむフロールの民に思いを馳せ、食べ物の大切さを説くなんて……さすがは聖女様です！」

ローズはいつものように、目を輝かせながら私の手を取った。

何がわかっているのかわからないが、はじめから言い訳なんて必要なかったらしい。となると問題はハルバーだが。

「あの言動、やはり聖女様は偽者……？　しかし、あの魔術制御は常軌《じょうき》を逸《いっ》している……」

『ほら、やっぱりバレてないッス』

ブツブツつぶやくハルバーを見て、マリーヌはすべて察していたように言う。逆になんでバレないの？

『ホント、軍で本性を隠しててよかったッスねぇ』

その一言で合点《がてん》がいった。さっきの私の行動は、女戦士アリシアと結びつかないのだ。素《す》の私を知っている人間なんてマリーヌくらい。軍での私のイメージは、地味で無口で存在感の薄い、何を考えているかわからない小娘である。

——ずっと静かに生きてて良かった。全然嬉しくないけど。

『いっそのこと食いしん坊キャラでいくのはどうッスか？　ギャップがあって人気出そうッス』

マリーヌが何か言っているが、考える気力も湧かなかった。まだ冷や汗が止まっていない。

「あ、そろそろ時間ですね！　過激派異教徒を捕まえたので、きっと感謝してますよ！」

「……だといいですね」

ローズが無邪気にそう言ってくれたので、私は何ごともなかったことにして歩き出した。

＊

しばらく歩き、会談の場に到着した。フロールでは見たことがないくらいに高い建物で、ここでも建築技術の差を感じた。

一階の受付で部屋を案内され、左にローズを、右にハルバーを従えてそこに向かう。

「会談の前に、一つご注意ください。帝国は私たちを下に見ており、どんな会談でも対等に扱おうとはしません。今回も聖女様に不敬な態度を取ってくる可能性が高いです」

廊下を歩きながらハルバーの説明を聞く。

ハルバーも、さっきのことはいったん見なかったことにしてくれているらしい。

「聖女様はさっき襲われたばかりなんですよ！　帝国は謝るべきです！」

「おそらくそうはいかないでしょう。過去の記録を見ても、聖女召喚のたびに帝国との会談を行っていますが、聖女を相手に高圧的な要求があったとされています。私も可能な限りサポートしますが、あらかじめご認識ください」

「なるほど……」

「聖女様なら大丈夫です！　大きな成果を上げてフィルシオ様を驚かせちゃいましょう！」

ハルバーと違ってローズは明るく励ましてくれる。その自信はどこから来るのだろう。

だが、私はハルバーの言葉を聞いて少し気が楽になった。成果を出さねばと意気込む必要はないのかもしれない。

さっきの失敗もあるし、ここは無難な感じで行こう。黙って帝国の言いなりになっておけば、ローズも失望してくれるだろう。

「こちらの部屋ですね。それでは聖女様からお入りください」

ハルバーにそう言われ、扉の前で立ち止まる。

気が楽になったとはいえ、高圧的な態度に出られるのはやっぱり嫌ではある。軍人時代に身に着けた、すべてを軽く受け流す精神を思い出し、覚悟を決めて扉に手をかけた。

「失礼します」

そう言って私が部屋の中に入ると——予想もしない光景が広がっていた。


「「「「「お待ちしておりました、聖女様」」」」」

「……え？」


待っていた帝国側の人間は五人。その全員が頭を下げ、丁重に私たちを出迎えてくれた。

中でも一番偉い雰囲気の人が、顔を上げて私の前に進み出る。

「このたびは我々の手抜かりにより、多大なるご迷惑をおかけしたことをお詫び申し上げます。次からはこのようなことがないよう、全力で改善に取り組んでまいります」

「いえいえ、大丈夫ですよ」

「そうおっしゃっていただけると助かります。それではどうぞおかけください」

戸惑いながらも、勧《すす》められるまま席に腰かけた。ローズとハルバーも隣に座る。

——それにしても帝国側の腰が低い。聞いていたのと全然違う。

チラリとハルバーに目配せしてみたが、首を傾《かし》げられた。やはり予想外なようだ。

「さすが聖女様ですね、先ほど兄さんから聞いた話とは対応が違います！　さっきのお手柄のおかげですね！」

ローズは小声でそう言ってくる。こっちは何も考えていなさそうだが。

『でも、たぶんローズの言う通りッスよ』

『……どういうこと？』

『簡単なことッス。さっきの騒動が軍からこっちまで伝わって、ナメてかかれないとわかったんスよ』

なるほど。さっき使ったのも全部私のオリジナル魔術だし、帝国軍の人間からすれば、未知の魔術で敵を秒殺した魔術師に見えただろう。実際その通りだし。

『あの剣幕も知られて、聖女様は怒らせちゃだめだって思われたんじゃないッスかね。しかも何で怒るかがズレてるッスから、早い話危険人物扱いッス』

『失礼ね、私は温厚な人間よ』

『まったくッス。食べ物が絡まなければ割と何やってもいいんスけどねぇ』

『あんたはもうちょっと自重しなさい』

そんなくだらない話をしている間に、会談が始まった。

「本日ははるばるお越しいただきありがとうございます。聖女様にお目にかかれて光栄です」

「本日はお招きいただきありがとうございます。このたび、我が国は聖女様を召喚し——」

事前の打ち合わせでは、お偉いさんとの会話は基本的にハルバーが務めることになっていた。さすがは大貴族と言うべきか、こういう受け答えは本当にしっかりしている。

社交辞令的な挨拶《あいさつ》が交わされ、お互いの名前が紹介される。それを聞きながら、マリーヌは訝《いぶか》しげにつぶやいた。

『しかしわかんないッスねぇ。こんなことになるなら、帝国側が聖女との外交行事をこのタイミングに持ってくる理由がないッス』

『……どういうこと?』

『ま、別になんでもいいッスけどね』

何か含みを持ったような言い方だったが、マリーヌはすぐにテンションを上げた。

『そんなことより、聖女としての成果を上げる絶好機ッスよ! ちゃんと交渉に加わるッス!』

『やだ。どうせ途中から私に丸投げして困らせるつもりなんでしょ』

『アタシがそんな冷たいことするわけないッス』

『どの口が言ってんのよ』

『今回だけは本当ッスよ。ここはアタシの出番ッスね』

——アタシの出番。マリーヌの指示通りに動くための合図だ。自分から言いだすあたり、今回は本当に乗り気らしい。こういうときは好き勝手させるに限る。

「それでは、聖女様からもお言葉を頂戴《ちょうだい》したく存じます」

ちょうどいいタイミングでハルバーから話を振られた。部屋の中の視線が私に集まる。

『それじゃあ――』

マリーヌからの指示に耳を傾けながら、私は透き通った声を作った。

「帝国の皆様、初めまして。このたびはこのような席を設けていただきありがとうございます。それではさっそくですが、本題に入らせていただきます」

丁寧な前置きを挟んだのち、マリーヌの指示通り、私は鋭い視線で帝国の人々を見た。

「我が国と帝国との関係性はよく理解しております。今日ここに参上するまでの道のりで、より一層実感できました」

「ははあ、それはそれは……」

「私の使命は、フロール王国をより良い方向に導くことです。その第一歩として、唯一の隣国であるチェカロスト帝国との関係をあるべき姿に正したい。そう考えております」

圧をかけるように、私は微笑みかけた。

「具体的には――ハイラント条約の破棄を求めます」

「なっ……」

相手が絶句したのがわかった。だが、そんなことを気にするマリーヌではない。

「また、ローラル条約にも再検討の余地があると考えており、具体的には第三項と第五項に関してです。見直しのもと、変更案を用意させていただきたく存じます」

「いえ、しかし……」

「いかがでしょうか」

相手の言い分を待たず、私は強い口調で尋ねた。

「す、少し検討させてください」

帝国の人々は焦った様子で目配せし合い、私たちの方を向きながらも黙り込んだ。なるほど、交信魔術で会話しているのだろう。

その間、ひと息つくことにし、私も操り人形モードを解除する。

『さっきの驚いた顔、良い表情だったッスねぇ。新聞に載せたかったたくらいッス』

『あんた、どんなとんでもないこと要求したのよ』

『不平等条約の撤廃《てっぱい》ッスよ。最近の帝国は、フロール以外の国を相手にうまくやってるッスからね。ここまでならギリギリ呑むはずッス』

マリーヌの語り口は自信に満ちていた。マリーヌがそう言うならそうなんだろう。

『よくわかんないけど、これで聖女の株が上がるわね。珍しくいい仕事するじゃない』

『アリシアさん一人の力で歴史が動く、こんなに面白いことは他にないッス』

『別に面白くはないけどね』

ふと隣を見ると、ローズが目を輝かせていた。無言のはずなのに「さすが聖女様です！」という幻聴が聞こえてくる。

一方でハルバーは、静かに相手の動向を見守っていた。マリーヌの突きつけた要求をしっかり理解しているような、そんな雰囲気だ。

それから少し経ち、相手のうちの一人が私に言う。

「お待たせいたしました。それぞれの条約については改めて検証を行い、我が国として改正案を用意させていただきたく存じます」

明らかにこちらの機嫌を伺《うかが》っているのがわかった。マリーヌからの指示を受け、ひとまず微笑を浮かべ「ええ、構いません」と言っておく。

『にしても弱腰ッスねぇ。アリシアさんも何か要求してみたらどうッスか?』

『そんなこと言われてもねぇ……あ』

たまたま思いついてしまった。マリーヌもこう言ってるし、言うだけ言ってみよう。

「もう一つよろしいでしょうか」

私がそう言うと、相手はごくりと唾を飲み込んでうなずいた。私はにっこりと微笑みかける。

「もっとフロールに鶏肉を流通させてください」

「もちろんでございます」

――こうして、私の初めての外交は終わった。

＊

ひっそりと召喚され、最低限の仕事をこなすだけでチヤホヤされ、美味しい料理を食べ、後はベッドでぐーたらする。

これこそ、マリーヌが私に提示してきた聖女像であり、私の思い描く聖女生活だった。

──今思えば、マリーヌを信じた私が馬鹿だったのだ。

「聖女様、ついにこの日がやってきましたね！」

「……ええ」

「聖女様のご活躍ぶりが認められて嬉しいです！」

隣を歩くローズの満面の笑みに、私は苦笑いを我慢した。

──ローズとともに宮殿の廊下を進み、向かう場所は宮殿の大広間。というのも、私の上げた成果を祝ってパーティーが開かれることとなったのだ。

フィルシオ様が主催し、中央政界のみならず各地から貴族が集まるのだとか。この手のパーティーは貴族が権力を誇示するために行うものが多く、国が主催するのは異例である。

……正直、今すぐ部屋に帰りたい。欲を言えば料理だけ部屋に運んでほしい。貴族たちとしゃべるなんて想像するだけで気が重いのだ。

「大したことはしていませんし、そこまで盛大に祝っていただかなくても……」

「何言っているんですか！　聖女様の功績を称《たた》えるためのパーティーですよ！　治安の改善、不平等条約の撤廃、さらには農地の開拓、福祉施設への支援、税制度の見直し！　国民の生活は少しずつ豊かになっており、聖女様の功績は計り知れません！」

ローズが私を見ながら早口でまくしたてる。

――この二週間、私が忙しさから解放されることはなかった。最低限の仕事どころか、マリーヌとローズに振り回されて仕事がどんどん増えていったのだ。

ローズの言葉を聞いてみるといろいろやった気になってくるが、私は思いついたことを適当に言っただけ。実現性の検証や資料の作成、議会への提案など、ややこしい部分は全部ローズがやってくれていた。私はGOサインを出していただけだ。

英才教育の賜物《たまもの》か、なんだかんだ言ってローズはめちゃくちゃ賢いのである。もうローズが聖女をやればいいんじゃないかな。

「もちろん、過激派異教徒の一掃もですね！」

ローズが嬉々《きき》として付け加える。帝国での一件以降、なぜかやたらと異教徒に命を狙われたが、すべて返り討ちにした。私にとっては一番楽な仕事だった。

「見てください！　フロール・ゴシップスにも、聖女様を称《たた》える声がたくさん載っています！」

ローズは懐から新聞を取り出し、バサッと広げて見せつけてくる。もはやお馴染みの光景だ。

新聞には国民からの声がたくさん寄せられている。マリーヌが選んでいるので当然だが、私を褒めちぎる内容ばかりだ。新聞の効果は絶大で、国民からの人気は日々上がり続けているらしい。

ちなみに、私を家族にするなら母か妹かという論争は、「ローズは妹か娘かそれとも聖女様の伴侶か」という問題が加わり、ますます混迷を極めているのだとか。心底どうでもいい。

『アリシアさんもすっかり偉くなったッスねぇ。感慨《かんがい》深いッス』

『元凶が他人事《ひとごと》みたいに言うんじゃないわよ』

『辛辣《しんらつ》ッスねぇ。ここまで来れたのはアタシのおかげッスよ』

マリーヌの言葉はまるっきり嘘でもない。これでもマリーヌは、本当にまずいときには助けてくれる。逆に言えば本当にまずいときしか助けてくれないのだが。

「さあ、着きました！」

そんなことを話しているうちに、大広間の前まで来た。ローズがその大きな扉を開ける。

――会場は立食パーティー形式にセッティングされていた。会場のところどころにテーブルが置かれ、美味しそうな料理が並んでいる。ドレスやタキシードを着た貴族たちが食事を楽しんでおり、きらびやかな光景だ。

だが、私にとってはマリーヌの家の方がよっぽど居心地がいい。お酒も飲めるし。

「今は自由に歓談を楽しむ時間ですね！　せっかくの機会なので、普段あまり話さない貴族の方々と話してみてはいかがでしょう！」

ローズにそう言われて周りを見てみる。すると、すぐ異変に気づいた。

──なんだか貴族たちからの視線が痛い。私のことを歓迎していないような雰囲気だ。

軍人時代を思い出して身が縮こまる。かつても権力者たちから邪険にされていたので、こういう視線には敏感なのだ。

『なんか私嫌われてない？　聖女なのに？』

『聖女だからッスよ。ポッと出の人間が一気に権力を握って成果を上げてるッスから、良く思わない貴族もいるッス。付け加えるなら、アリシアさんの提言する施策は平民側に立ったものが多いのも要因ッスかね』

『知らないわよそんなの。って、これじゃあ昔と変わらないじゃない』

私は内心でため息をついた。

だがこうなったからには仕方ない。元から貴族としゃべりたくなんてないし、ローズと話していよう。隙《すき》があれば料理を部屋に持ち帰ろう。

『でもまあ、そんな人ばっかりじゃないッスよ』

『え？』

マリーヌがそう言ったと同時。私の足元に、見覚えのある女の子が走ってきた。

「せいじょさまー！」

「……アンナさん？」

「ひさしぶり！」

まだまだ拙《つたな》い言葉遣いを聞いて思い出す。国民の声を聞く会の後に話した女の子だ。

「せ、聖女様、お久しぶりです」

盗賊を捕まえた際に出会った、勇気ある少年もいる。今は危険な人物などいないはずだが、なぜかあの時のように顔を真っ赤にしていた。貴族ばかりで緊張しているのだろうか。

「お二人とも、どうしてこのパーティーに？」

「僕もよくわかっていないのですが……僕たちはローズ様から招かれたのです」

少年が部屋の端を指さし、私もそちらに目を向ける。

――端っこのテーブルの周りには、見覚えのある人たちが集まっていた。アンナとルークの家族もいる。貴族でも何でもない、私が街で交流を持った人たちだ。

「ローズ、これは？」

「もちろんフィルシオ様の許可はとってあります！　国民が肉と酒を楽しめる国を、ですよね？」

「……なるほど、そういうことでしたか」

ローズは私にいたずらっぽい笑みを向ける。ローズは私の公約を守ってくれたのだ。

貴族たちを相手にするよりよっぽど気楽である。私はそちらのテーブルに向かって微笑みかけた。

「皆さん、本日は楽しんでください。もちろん料理もたくさんありますよ」

集まった人々がワッと沸き、料理にも手を付け始めた。

『できてよかったッスね、話し相手』

『寂しいやつみたいな言い方すんじゃないわよ』

『おお！　よく見たら論客リックも来てるッスね』

『絶対呼ばなくて良かったでしょそれ』

「聖女様、こちらへどうぞ！」

息をつく間もなくローズに手を引かれ、私はテーブルの輪へと入っていった。


——それからの時間は、街の人々から代わる代わる感謝の意を伝えられた。治安が良くなったとか、食料が安くなったとか、少しずつ街にも良い変化が起こっているようだ。

ちなみに一人だけ議論を吹っかけてきたが、面倒なのでマリーヌに任せたら二分で論破されていた。ちょっと可哀想だった。

さらに、貴族だって私を嫌っている人ばかりではない。別のテーブルでは親聖女派が形成され、そこに招かれた。みんな日頃から平民の生活を気にかけている、思いやりのある貴族ばかりだった。

そうして人々に囲まれ、解放されたのはパーティーも終盤になってのことだ。そろそろ聖女の出番ということらしく、舞台の袖で小休憩を取る。

「お疲れ様でした聖女様！　それではこちらでお待ちください！」

「……ええ」

「さすが聖女様です、大盛況でしたね！　あ、私は準備を手伝ってきます！」

私を誘導してすぐ、ローズはパタパタと走っていった。私にもあの若さと元気が欲しい、そう思いながら大きく伸びをする。今は誰も見ていないので気が楽だ。

『お疲れッスねぇ』

『めちゃめちゃ疲れた。やっぱり部屋に引きこもってればよかったわ』

『まだまだファンサービス精神がなってないッスねぇ』

『絶対それ聖女の仕事じゃないでしょ。こんなに人と話すのも久しぶりだし、聖女になってぐーたらする計画が台無しじゃない』

私はわざとらしくため息をついた。本当はこんなはずじゃなかったのだ。

だが、マリーヌは見透かしたように言う。

『でも今のアリシアさん、楽しそうッスよ』

『そんなわけ――』

ないでしょ、と言いかけてやめる。図星だった。

――軍人時代、私は間違いなく仕事が嫌いだった。そして今、昔と同じようなことをして、さらにはそれ以上の仕事が降りかかっている。当然ながら昔よりも忙しい。

それでも、昔より悪くないと思えた。楽しいと言ってしまってもいいのかもしれない。

肩書きが軍人から聖女に変わった、ただそれだけのことなのに。

『肩書きだけで人の反応なんて変わるッス。昔のアリシアさんはいろんな意味で話しかけづらかったッスからねぇ。聖女様となれば話は別ッス』

『ま、悪くないかもね。やってることはそんなに変わってないけど』

『アタシは嬉しいッスよ。アリシアさんは本来、こういう待遇を受けるべき人間ッスから』

『よくわかってるじゃない』

私がおどけてそう言うと、マリーヌは何でもないようにつぶやいた。

『アリシアさんの力は、人を笑顔にできるッスから』

――きっと深い意味なんてない、何気ない一言。だけどその一言は、私の胸の奥へとじんわり広がっていった。

きっとあの時、聖女になりすますなんていうとんでもない誘いをマリーヌから受けていなければ、こんな気持ちになることもなかったのだろう。

『ねえマリーヌ』

『なんスか？』

『ありがとね』

一瞬、マリーヌの返答が止まった。

『……おお、アリシアさんがデレたッス。明日は雪が降るッスね』

『そんなんじゃないわよ。こうでも言っとかないといつか裏切られそうだし』

『考えが甘いッスねぇ。そっちの方が面白くなると思ったらいつでも裏切るッスよ』

『よくそれを私に堂々と言えるわよね』

『ちなみに今は順調すぎて面白くないッス。そろそろ大事件の一つも欲しいところッスね』

『なるほどね、じゃあ手始めに私があんたの家を燃やして――』

「静粛に!!」

よく通る渋い声が会場に響いてビクッとなった。

会場中の視線が一点に集まる。声の主はもちろんフィルシオ様だ。

「聖女様、こちらへどうぞ」

舞台の中央から、袖にいる私を呼ぶ。言われた通りに出ていくと、フィルシオ様は片膝をついた。

「聖女様がいらしてから、我が国は少しずつ、しかし確実に良い方向へと向かっています。これもすべて聖女様のご尽力《じんりょく》の賜物《たまもの》です。これからもどうぞよろしくお願いいたします」

「顔をお上げください。皆さんの頑張りのおかげですよ」

「とんでもありません。そして、聖女様のご活躍を祝うこの場において、聖女様の功績を象徴する逸品をご用意いたしました」

フィルシオ様がそう言うと、私が控えていた反対側の舞台袖からワゴンに載って料理が運ばれてきた。

大きな銀皿の上には、大きな骨付きの肉塊《にくかい》が鎮座している。七面鳥の丸焼きに見えるが、ちょっと違う気もする。

『ガチョウの丸焼きッスね。値は張るッスけど、七面鳥よりもはるかに美味しいらしいッス。アタシも生で見るのは初めてッスね』

『……悔しいわ。お肉の知識だけはあんたにも負けないと思ってたのに』

『どこで張り合ってんスか』

「こちらのガチョウは帝国でも珍味とされ、フロールには一切流通しておりませんでした。しかし、聖女様による外交が実を結び、こうして取り寄せることができるようになりました。まさしく聖女様の功績の一つです」

フィルシオ様の口ぶりからするに、けっこうすごいものらしい。

あの時「鶏肉を流通させてください」と頼んだのが効いたのか。過去の私グッジョブ。

「そして、一口目はぜひとも聖女様に召し上がっていただきたいのです」

「……私が、ですか？」

「是非とも。我々はその後に頂戴いたします」

そうしてワゴンは私の前に止められた。

——焼きたて特有の香りが鼻に抜ける。皮はパリッと赤黒く、身から脂《あぶら》が滲み出している。見ているだけでもよだれが出てきた。気を抜くと涙まで出そうだった。

『私、聖女になって良かった……』

『今までで一番嬉しそうッスねぇ』

馬鹿にされている気もするがどうでもいい。なんたってお肉だ。

すぐにでも足の骨を握ってかぶりつきたいという衝動を抑え、私は肉の前に立った。丁寧にナイフを入れ、一口サイズに切り分け、フォークで刺す。

ふと前を見ると、誰もが私を羨ましそうに見つめていた。美味しいお肉の前では貴族も平民もみな平等である。これこそ私の望んだ幸せな世界だ。

そんな視線を一身に受けながら、ゆっくりとお肉を口に入れようとした……。

——その時だった。


「お待ちください!」

バーン、と、勢いよく扉を開ける大きな音が会場に響いた。思わずフォークを止める。

入ってきたのは、そういえば今まで見かけなかったハルバーだ。

「ハルバーよ、何があったのか？」

「パーティーに水を差す形になってしまい、大変申し訳ございません。ですが、至急お伝えしたいことがございます。そのためにも……どうぞお入りください」

ハルバーがそう言って場所を譲る。

そして、その後ろから部屋に入ってきた一人の女性を見て……思わず息を呑んだ。

――その美しさは、この世のものではないように思えた。透き通るような水色の長髪が、紫色の瞳が、まるで光を放っているかのように見えて目が離せない。

女性は優雅な動きで一歩前に出ると、誰もが言葉を失って見つめる中、小さく口を開く。

「フロールの皆様、お待たせしました。私が貴方《あなた》たちを導きましょう」

鋭く目を光らせ、決定事項のように告げる。

その言葉は、絶対だと思わせる何かがあった。たった一言、たった一つの動作だけで、その気品に圧倒された。

『大事件、起こったッスねぇ』

突然マリーヌに話しかけられ、ふと我に返る。見惚《みと》れている場合じゃないし、マリーヌの言葉の意味はすぐに理解できた。

誰もが圧倒されて会場が静まり返る中、フィルシオ様が問う。

「ハルバーよ、そちらの女性は？」

「こちらにいらっしゃるのが本物の聖女様です。やはりそちらの聖女は偽者だったのです！」

「なっ……！」

嫌な予感が当たった。だが、それも当然だとすら思えた。

とってつけたような私とは違う、本物のオーラ。そしてそれが意味するのは……。

「つきましては、そちらの聖女を騙《かた》る女は死罪に値《あたい》するでしょう」

ハルバーが自信に満ちた表情で私を指さす。会場中の視線が私に集まった。

――まずい。まずいまずいまずい！

心臓がバクバクと音を立てる。必死に澄まし顔を保っているが、引きつっているのが自分でもわかった。

『さすがのアタシもこれは予想してなかったッス！　面白くなってきたッスねぇ！』

『面白くないわよ！　また死刑の危機が迫ってきてるんですけど！』

さっきの感謝の言葉は撤回する。やっぱりこいつはただの愉快犯であり、私の味方でも何でもないらしい。

――どうすんのよこれ!!

第三章　本物の聖女様

Narisumashi SEIJOSAMA no JINSEI GYAKUTEN Keikaku

当然ながらパーティーは急遽《きゅうきょ》中止となった。お肉も私が食べる前に下げられてしまった。いったん部屋で待機するように言われ、今はローズもいない。

『……もうおしまいよ』

ベッドにぐでーっと体を投げ出し、私はマリーヌ相手につぶやく。

『今日中には私がアリシアだってバレて、明日には断頭台にかけられて、明後日には私の罪状が全フロールに知れ渡るのよ……お肉だってもう食べられないのよ……』

『いやいや、まだ諦《あきら》めるのは早いッスよ』

『なんでよ。あんなのが出てきちゃったら、偽者だってバレるのも時間の問題じゃない』

『だからそうでもないッス』

この絶望的な状況の中、マリーヌの声はやけに自信ありげに聞こえた。そして一つの可能性を思いつく。

『そっか！　もしかしたらあの人も、私と同じなりすましかも――』

『その可能性は低いッスかねぇ。だとしたらめちゃくちゃ面白いんスけど』

一筋の光明《こうみよう》がバッサリと否定された。

『……わかってるわよ。めっちゃ聖女様っぽかったし』

『見た目ならアリシアさんも負けてないッスよ。そうじゃなくて、偽者がこのタイミングで乗り込んでくるなんて勝算がなさすぎるッス。ここはアリシアさんとの大きな違いッスね』

『……なるほど』

言われてみればその通りである。

召喚から二週間が経《た》ち、すでに私が聖女の地位を確固たるものにしている。今から本物だと名乗り出るなんてよほどの勝算がないとできないだろうし、そもそももっと早い段階でなりすまそうとするだろう。私たちみたいに。

『じゃあやっぱり本物なんじゃないの』

『かと言って本物だとしても、なんで今まで出てこなかったのかわからないッスけどね。ここはむしろアリシアさんに聞きたいッス。召喚の魔術は止めたんじゃなかったんスか？　今になって召喚されるなんてありえるんスか？』

『……知らないわよ。全然知らない魔術だったし、仕組みすらわかんなかったし』

二週間前の儀式を思い出す。

聖女召喚の魔術は天界と下界を繋げる魔術らしいが、私には平凡な召喚魔術にしか感じられなかった。天界に繋がるとかの部分は、きっと大昔の偉い人が考えた難しい魔術なのだろう。

そういうわけなので、どんな挙動をしても不思議ではない。とりあえず爆発させておけばキャンセルできると思ったが、甘かったのだろうか。

『ま、どっちにしろアタシたちのやることは変わらないッスよ。バレたら死刑、バレなければ聖女続行。もともと他に選択肢なんてないッスからね』

諸悪の根源が、危機意識を一切感じさせない口調で言う。

『あっちが本物だろうと、現状アタシたちの方が明らかに有利なのは変わらないッスよ。アリシアさんがなりすましてる証拠だって何もないッスから』

『でも……』

『大丈夫ッス。実際にアリシアさんは今まで、確実に国を良くしてるッス。聖女様には安心して天界にお帰りいただくッスよ』

顔は見えないが、マリーヌがニヤリと笑った気がした。無茶苦茶な道理のはずなのに、なぜか大丈夫な気がしてくるから不思議だ。

――なんだかんだ言ってこの聖女という役職にも愛着が湧いてきた。マリーヌとローズに振り回されながらここまで来たんだし、この聖女生活を今さら手放すわけにはいかない。

なりすましを決行した時点で苦労するのはわかっていた。強い決意を胸に、私は右手を突き上げた。

『ここまで来たらやったるわよ！　私の聖女生活は渡さないわ！』

『その意気ッスよ！』

「――聖女様！」

突然、バーンという大きな音とともに扉が開いた。

息を切らして現れたのはローズだ。扉の開け方が一緒なあたり、やっぱりローズはハルバーの妹らしい。私は急いでいつもの澄まし顔を作る。

「聞いてくださいよ！　これだけの成果を上げられている聖女様が偽者なわけないのに、みんないくら言っても聞いてくれないんです！　酷《ひど》すぎます！」

『すごいッスねこの子、アタシたちより怒ってるッスよ』

ローズは頬を膨《ふく》らませ、ぷりぷりと怒っていた。マリーヌはすっかり呆《あき》れている。

「なので……すみません。どちらが本物かを確かめることになっちゃいました。この後玉座《ぎょくざ》の間《ま》で、二人の聖女様から話を聞くとのことです」

「なるほど……」

「大丈夫です！　私は聖女様が本物だとわかってますから！　聖女様を騙《かた》る不届き者はコテンパンにしてやりましょう！」

ローズは鼻息荒く私の手を取り、引っ張られるままに私はついていった。

＊

玉座の間では、フィルシオ様が困惑《こんわく》を隠せない様子で玉座に腰かけていた。主要な貴族も集まっている。

促《うなが》されるまま、私は本物の聖女様とともにフィルシオ様の前に並んで立った。私の隣にはローズが、聖女様の隣にはハルバーがつく。

「一方が本物でもう一方が偽者……このような事態は過去に類を見ず、私も困惑しております」

フィルシオ様は私たちを見比べ、恐る恐るといった様子で口を開く。

「暫定《ざんてい》的に、先にいらっしゃった聖女様を第一聖女様、後からいらっしゃった聖女様を第二聖女様と呼ばせていただきたく思います。よろしいでしょうか?」

「はい、問題ありません」

私は普通に答えた。一方で第二聖女は高圧的に、許可を与えるような態度でうなずく。

さすがは本物、すごいオーラだ。普通なら失礼な態度に映るだろうが、溢《あふ》れ出るオーラで様になっているからズルい。

「伝承には『聖女は人の形をとって現世へと召喚される』としか記されておらず、聖女様が本物であるかを確かめる術《すべ》は存じ上げません。それゆえ、状況証拠から推察するしかないと考えております……」

「そっちが偽者に決まってます！」

抑えきれない気持ちを爆発させるようにローズが食ってかかる。

「聖女様は召喚の儀で召喚されたんですよ？　後から出てきた方が本物なはずありません！」

「その点は私が責任を持って説明いたします」

ローズとは対照的に、ハルバーは落ち着いた様子で話し始める。

「フィルシオ様。儀式の際、二つほど不可解な点があると進言したことを覚えていらっしゃいますか？　合わせて、聖女が偽者である可能性があるとも」

「もちろんだとも。確かにそう言っていたな」

「やはりあの時、召喚魔術は妨害されていたのです。だから本物の聖女様が召喚されなかった。代わりに偽者が召喚されたフリをして現れたわけです」

ハルバーは自信ありげに語りながら私を一瞥《いちべつ》する。

「その後に第一聖女様が見せた魔力が規格外だったため、本物の聖女で間違いないということになりましたが……そこにいる第一聖女様は、ただただ力が強いだけの魔術師なのです」

まったくもってその通りである。それでも私はマリーヌの指示通り、無表情で受け流す。

「そんなの言いがかりです！　だいたい、召喚魔術が妨害されたって言うなら、なんで本物の聖女様は今まで出てこなかったんですか！」

「第二聖女様の話によれば、昨日になって初めてこの世界で目覚めたとのことです。そのまま宮殿にいらっしゃり、私がお迎えいたしました」

「説明になってないです！　そんなことありえません！」

「聖女召喚の魔術は術式のみが伝承されており、その仕組みは私たちにもわかりません。それが無理に中断されたとなれば、何が起こっても不思議ではないでしょう。そうですよね、フィルシオ様？」

「……何とも言えぬな」

フィルシオ様も困り果てている。納得できるとは言いがたいが、嘘だと断定もできないといったところか。ローズも「ぐぬぬ」と言いだしそうな表情だ。

『このへん、アタシたちが付け込めるくらいにはザルなんスよねぇ』

『付け込もうとする馬鹿なんてあんたしかいないわよ』

『実際に付け込める魔術師なんてアリシアさんくらいッスけどね』

奇跡の組み合わせである。道理でこれまで対策されてこなかったわけだ。

その割りをモロに食らっているフィルシオ様は、しかし落ち着いて一つ咳払《せきばら》いをした。

「召喚の順番だけで判断できないことは理解しました。とはいえ、第一聖女様のご活躍は目を見張るものがあります。第二聖女様が本物だと言うならば、さらなる根拠が必要でしょう」

「その通りです！　兄さんも兄さんですよ！　なんでそんな人の言うことを信じるんです

か！」

ローズがぶんぶんと頭を振ってうなずく。

「仰《おっしゃ》る通りです。もちろん私とて、容姿や雰囲気のみを判断材料として第二聖女様をここにお連れしたわけではありません。第二聖女様、まずは魔力を拝見させてください」

「ええ、構いません」

第二聖女は落ち着いた様子でそう答えると、おもむろに右手をかざした。その手からは膨大《ぼうだい》な魔力が放たれ、部屋中の空気が歪《ゆが》む。

――そして次の瞬間、玉座の間の右手に火柱が、左手に水柱が上がった。

続いて左手をかざすと、それぞれの柱が動き出し、空中で糸を編むように交差した。さらに第二聖女が両手を振り下ろすと、指先から雷魔術が放たれ、螺旋状《らせんじょう》に編まれた炎と水の真ん中を通過していく。

水しぶきに反射し、部屋中に幻想的な光が満ちた。その美しさは玉座の間の装飾とも調和し、神聖にさえ感じられる。

「……美しい」

ふと誰かがそうつぶやいた。この場にいる誰もがそう思ったことだろう。

『……確かに綺麗だけど、これは何？』

『魔術輝彩演舞《きさいえんぶ》ッスよ。魔術師だけに許されたまさに貴族の嗜《たしな》み、いかに魔術を美しく見せるかを競い、魔術の腕を示す競技ッス。昔大会に出たじゃないッスか』

『あー、あれね』

すっかり忘れていたが、そう言われて思い出す。五年以上は前の話だ。

フロールでは年に一度、魔術輝彩演舞の大会が開かれる。貴族たちが日ごろの鍛錬の成果を競う大会で、マリーヌが「無名の子供が優勝したら面白くないッスか?」とか言って勝手にエントリーしたのだ。孤児に参加資格はないので、もちろん偽名である。

たしか結果は……マリーヌの指示通りに会場中を爆発させて大暴れしたら、「美しくないし危なすぎる」と言われて追い出されたんだっけ。いろいろと理不尽すぎる。

『前回はハルバーが優勝したんスけど、第二聖女の演舞はその時のハルバーの演舞をコピーした上で、さらにその上を行ってるッス。アリシアさんならできるッスか?』

『練習すればできるかも。っていうか、炎なんて大きければ大きいほど良くない?』

『その感覚が庶民なんスよ』

『うるさいわね、爆発はロマンなのよ』

とはいえ実際に第二聖女の技術はすごい。これだけのことをやるには、それなりの魔力、複数魔術の同時使用に加え、極めて繊細な制御が求められる。この限られた空間で魔術の腕を示すには十分すぎる演出だ。

しばらく経つと、第二聖女が生み出した魔術は、キラキラと光を残したまま消えていった。

「手短ながら、以上でございます」

第二聖女が深く一礼し、拍手が沸き起こる。たった一分足らずで人々の心を奪ってみせた。

フィルシオ様も感嘆の声を漏《も》らす。

「素晴らしい……第一聖女様にも驚かされましたが、第二聖女様の力もまた確かなようですな」

「むむ……でも待ってください！　聖女様は治安向上や外交など、その政治的手腕をもって様々な成果を上げられました！　第二聖女様にはそれがありません！」

「うむ、わかっている」

私は黙っていることしかできないが、代わりにローズが頑張ってくれている。フィルシオ様は改めて第二聖女と向き合った。

「続いて第二聖女様にお尋《たず》ねいたします。この国をより良くするためにはどうすればよろしいでしょうか。この国には何が必要でしょうか」

かつて私に投げかけたのと同じ質問だ。

第二聖女はフィルシオ様の言葉を聞き届けると、静かに口を開いた。

「前提として、私は第一聖女のあり方を否定します」

「……っ！」

潔《いさぎよ》いほどの否定にローズが息を呑む。あのローズですら何も言えない凄《すご》みがあった。

「第一聖女は大きな改革を次々と行い、その成果は一見すれば素晴らしいものに映ります。帝国の圧を和《やわ》らげ、食料事情を改善し、民《たみ》の暮らしは豊かになった。しかし……」

それから第二聖女は私を見る。射貫《いぬ》くような、それでいてすべてを見透かすような瞳。

「物事には表と裏があります。民への税負担を緩和すれば、国の財力が落ちる。帝国との条約を破棄すれば、少なからず帝国との不和が生じる。そのような結果を正しく評価しないまま、断続的に、無秩序に改革を続ける現状……その先に未来はありません」

第二聖女はそこまで言うと、フィルシオ様へと向き直った。

「答えましょう。この国に足りないものを一言で表すならば、それは――秩序です」

その言葉には確かな重みが感じられ、改めて空気が引き締まる。

「貴族が立場にふさわしい権力を持ち、平民はそれにふさわしい生活を送る。あるいは、フロールの国力に見合った帝国との関係を結ぶ。改革には順序があり、まずフロールが目指すべきは安定です。そしてそれを実現するためには……」

第二聖女はそこまで言うと、一転して貴族たちに語りかけた。

「すべて、私にお任せください」

自信、いや確信に満ちた声で話を締めくくり、貴族たちからは拍手が沸き起こった。

――この人に任せれば大丈夫だと、そう思わせるには十分な演説だった。

『一瞬にして貴族たちの心を掴んだッスねぇ。「肉と酒」とは大違いッス』

『馬鹿で悪かったわね。っていうかなんで楽しそうなのよあんた』

『バレたッスか？　いやぁ、簡単な相手じゃないッスね。だからこそめちゃくちゃ面白いッス』

『失敗したら私が死ぬのわかってる？』

マリーヌは声が弾《はず》んでいるのを隠そうともしない。

人生の半分以上は一緒にいたのだ。マリーヌの考えくらい手に取るようにわかる。

「フィルシオ様、ご理解いただけましたでしょうか」

拍手がやみ始めたのを見計らい、ハルバーが進み出る。

「私は常々、第一聖女様に疑念を抱いておりました。言動は場当たり的で、深い見識も感じられず、時にはローズの言いなりになっているようにさえ映りました。時折鋭い知恵を覗かせることもありますが、ごく稀《まれ》です」

私がアホでマリーヌは賢いと言いたいのか。その通りである。

「第二聖女様と出会い、そのお考えを拝聴するうちに、私は確信したのです。真にフロールの未来を思うならば、必ずや第二聖女様を正当な聖女として立てなければならない。そのためなら、私には命を賭ける覚悟があります」

「ふむ……お前がそこまで言うとはな」

ハルバーの言葉を聞き届け、フィルシオ様は目を閉じて考え込む。そして、結論を出した。

「現時点では、お二人とも本物の聖女様として扱う他にありません」

「そんな……」

フィルシオ様が宣言し、ローズは何か言いたげに口をつぐむ。とはいえ仕方ないだろう。

「お二方には明日から、それぞれ聖女として生活していただきます。ローズよ、そしてハルバーよ。それぞれの聖女様をサポートし、どちらが本物であるかを証明しなさい」

「もちろんです！」

「承知いたしました」

ローズとハルバーがそれぞれ返事をし、この場はお開きとなった。

帰り際《ぎわ》、第二聖女が私を見てきた。その視線には敵意がこもっている気がした。

＊

あの後は国もいろいろ考えたらしいが、魔力の技量に大差がなかった以上、どちらが本物かをすぐに判断するのは非常に難しい。というわけで、二人がそれぞれ聖女として施策《せさく》を打ち、その結果を見ようということになった。場当たり的だがこれしかやり方はないだろう。

とはいえ私はある程度成果を出しているわけだし、試されているのは第二聖女の方だ。私の方は今まで通りに振る舞い、第二聖女が何か言ってきたらその都度《つど》対処すればいい。

私はローズやマリーヌとも相談してそう決め、普段通りの仕事を続け……。

——何も起こらないまま数週間が経過した。

「あんなのが聖女様を名乗ってるなんておかしいです！」

日課のパトロールのため、宮殿から出てすぐ。並んで空を飛ぶローズがぷりぷりと怒る。

「宮殿でふんぞり返ってばっかりで、まったく動かないんです！　聖女様がこれだけ街に出て、国民たちの声を聞いているのに、ですよ！」

「まあまあ。私たちは私たちのすべきことをするだけですから」

こうして怒るローズをなだめるのももはや日課になっていた。だがその気持ちもわかる。

——そう、第二聖女は動かないのだ。

お互いの邪魔などができないよう、施策の内容は共有しないことになっている。といっても、私の方は街に出向いているし、その成果が新聞で知れ渡るしでフルオープンなのだが、それにしても第二聖女の動向が掴めない。

理由は簡単で、部屋にこもり続けているから。第二聖女を支持する貴族たちに指示を出し、着々と施策の準備を進めている……という噂だが、実態はよくわからない。

——羨《うらや》ましい。部屋から一歩も出ないなんて、私が望んでいた生活そのものだ。

『しかしまあ、不気味ッスよねぇ』

私たちの会話を聞いてマリーヌがつぶやく。マリーヌですら情報を掴めていないようだ。

『あっちは焦《あせ》るべき立場のはずッス。このままじゃ遠からず追放されるッスよ』

『私にとっては都合がいいけどね』

『何より、せっかく第二聖女の登場で盛り上がったのに、こうもネタがないと困るッス。「第一聖女に撫でられるか、第二聖女に踏まれるか」論争で引き延ばすのももう限界ッス』

『あんたの新聞事情はどうでもいいのよ』

二人目の聖女が現れたというニュースは、フロール・ゴシップスによって瞬《また》く間に国民へと広がった。この大事件を扱った新聞の売上はドンと伸びたらしい。

しかしそれからは、マリーヌがプロパガンダをばらまくまでもなく、私への厚い支持が揺らぐことはなかった。第二聖女が顔も見せないのだから当然だろう。

『実は私と同じタイプのなりすましなんじゃないの？　聖女になってぐーたらしたいっていう』

『ま、それならそれでいいんスけどね』

そうこう言っている間に、いつもの立ち寄り先の一つ、商人ギルドに到着した。最初にここで挨拶《あいさつ》をし、その後に商人たちが通る道をパトロールしていくのがルーティンだ。

「聖女様！　お待ちしておりました！」

晴れ晴れとした笑顔で迎えてくれるのはルークだ。いつも建物の外で待っててくれている。

私はルークの前に降り立った。

「こんにちは、今日も元気そうで何よりです。何か困りごとはありませんでしたか？」

「はい、困りごとはないの、ですが……いえ、なんでもありません！」

ルークは言いよどみながら目をそらした。らしくない態度に、私はローズと顔を見合わせる。

「それでは、挨拶させていただきますね」

不思議に思いながらも、私とローズは建物に入った。

——商人ギルドの中ではいつも、商業活動のために活発な議論が行われている。帝国では何が安かったとか、明日はどのルートで行くかとか、そういうことを話しているらしい。

それでも私が訪れた時は、みんなにこやかに会釈《えしゃく》してくれる。

「皆さんこんにちは！　今日は何の話をしてるんですか？」

そしてそこにローズが駆けていくのも、今や見慣れた光景だ。

「おうローズちゃん、今日は活《い》きのいい魚が入ったからみんなで焼いてたんだよ。ローズちゃんもどうだい？　……って、俺たちが食うもんなんて口に合わねぇか」

「いえいえ、すごく美味《おい》しそうです！　いただきます！」

「なあローズちゃん、ちょっと帝国について教えてほしいことがあるんだが」

「もちろんです！　私にわかることなら！」

商人ギルドを訪れるようになってしばらく経つが、いつしかローズは議論の輪の中に自然と溶け込んでいた。商人たちからはまるで我が子のように可愛がられている。

平民に対しても分け隔《へだ》てなく接し、商業を理解しながら全面的に協力する。こんな貴族はかなり珍しい。

『若くて可愛くて賢くて、おまけにおっぱいもデカいメイド、そりゃ人気も出るッス』

『後半は余計でしょ』

『むしろ後半の方が重要ッスけどね。ま、アリシアさんとは売り出し方が違うッスから気にしなくていいッスよ』

『……むぅ』

売り出すつもりはないが、そう言われると逆にムカついてきた。ローズをじーっと見る。

――軍人時代の私も、もうちょっと可愛くて愛想が良くて賢くてスタイルが良ければあんな扱いを受けていたんだろうか。それはもはや私じゃないけど。

「あの、僕は聖女様一筋ですから！」

「別に気にしてないですからね？」

ルークにまで気を遣《つか》われてしまった。マリーヌが焼き鳥事件を新聞の記事で大々的に扱ったせいで、最近は私に庶民派のイメージがついている。事実だから仕方ないけども。

「聖女様、お待ちしておりました」

ローズが商人たちの会話に交ざる中、いつも真っ先に挨拶してくれるのがギルド長のおじいさんだ。御年《おんとし》六十、フロールでも有数の長寿である。

「今日もお元気そうで何よりです。昨日から何も変わりありませんでしたか？」

「一つ、お伝えしたいことがございます。こちらへどうぞ」

ギルド長はそう言って私をギルド長室へ招く。二人きりになると、深く礼をした。

「聖女様にはこれまで大変お世話になりました。実は本日から、聖女様にパトロールしていただく必要がなくなったのです」

「……え？」

その通告はあまりに唐突だった。理解が追いつかない。

するとギルド長は穏やかな表情のまま、近くの棚から二つの石を取り出した。

「ちょうど昨日聖女様が帰られた後、軍の方々がやってきて、このようなものを私たちに売ってくださいました。魔石、と呼ぶもののようです」

それぞれ赤色と青色に妖《あや》しく光っている。こんな石は見たことがない。

「盗賊に襲われるなどの問題が起こったら、これらの石の窪《くぼ》みをこうやって合わせるんです。すると、軍に所属する魔術師の方が召喚されます」

「魔術師が、召喚される？」

「私も驚きました。ちょうど今朝トラブルが発生した時に、これを使って軍人を召喚したんですよ。実際にお見せしたいところですが、緊急時以外は使用しないよう言われていますので」

ギルド長は冗談っぽく、石を合わせるようなそぶりを見せた。私は「少し見せてください」

と言って石を受け取り、じっくりと観察する。

――石には確かに魔力が宿っており、転移系の術式が組み込まれていた。

仕組みとしては外交で帝国を訪れた際に使った転移魔法陣と同じものだろうが……魔力のない人間でも魔術を発動できるなんて、すごい技術だ。

『魔石ッスか、噂には聞いたことがあるッス。帝国軍では広く活用されてるらしいッスね』

『へえ、どうやって作るのこれ』

『魔力に反応する石が必要ッス。フロール南部の鉱山でも採《と》れるんスけど、活用できる技術がないんで、帝国に買い叩かれてるッス。きっと第二聖女の入れ知恵で作られたッスね』

そう言われて初めて納得できる。これを作る方法は、ちょっと私にも思いつかない。

「この魔石があれば護衛を雇う必要もありませんし、分散しての移動も安全になります。価格に見合う価値があり、大量に買い足そうと考えています」

ギルド長は目を細め、満足げに語った。

かつて軍にいた私から見ても画期的だ。商人にとっては旅が安全になるし、軍人にとっても随分《ずいぶん》とパトロールが楽になる。この魔石が広く行き渡れば盗賊の類《たぐい》も激減するだろう。

「今までは聖女様に上空からパトロールしていただいていましたが、もはやご足労いただく必要はありません。今後はぜひとも、もっと聖女様の力を必要とするお役目に時間を割いていただければと思います。改めまして、今までありがとうございました」

「……いえいえ。それは良かったです」

ギルド長の気遣いは心からのものだった。私は微笑みながらうなずく。

――この国を良くするために必要なのは秩序である。

仕事が減った喜びを感じるよりも先に、私は第二聖女の言葉を思い出していた。

＊

パトロールは中止となり、その後の予定を早めることになった。ローズに商人たちとの会合を切り上げさせて次の目的地へと飛ぶ。

「そんなことが……」

上空でローズをおんぶしながら、ギルド長に聞いた話を伝える。ローズの反応は渋かった。

ちなみにローズをおんぶしているのは、ローズの魔力が切れかかっているため。私は戦士時代からパトロールで空を飛び回っていたが、本来はとんでもなく魔力を消費するのだ。

マリーヌは最初『おっぱいの感触って背中でわかるんスか？』などとアホなことを尋《たず》ねてきたが、無視し続けたら聞いてこなくなった。ちなみにとても柔らかい。

「あちらもただ静観していただけではないようです」

「それではなおさら、トンネルを早く作らないとですね！」

「……ええ」

私たちが今向かっているのはフロール中部にあるラスタール盆地。都会とは隔絶されたド田舎で、人々が美しい自然に囲まれながら自給自足の生活を送っている。フロールには珍しく農耕に適した土地なので、山にトンネルを通し、王都がある北部と繋ごうとしている、のだが。

——リックとの討論により作らざるを得なくなってしまったトンネル。しかしその工事は完全に行き詰まっていた。

ローズが予想していた通り、私の力があれば、山をぶち抜くことは簡単だった。試しにちょっとだけ山をえぐってみたが意外と柔らかかったので、頑張れば三分で終わると思う。

しかし問題は、ぶち抜いた空洞をどう支えるかだった。

言われてみれば当たり前の話である。穴を開ければ上から土が落ちてくるのだ。

空洞を支えるトンネルを作るためには大量のレンガが必要で、なんでも過去一年間に王都で使用された量よりも多いのだとか。

「……果たして完成させられるのでしょうか」

「大丈夫です！　コツコツ頑張りましょう！」

ローズは前向きに励ましてくれる。その言葉通り、コツコツ頑張っている状態だ。

今はもっぱら、近くの山々でレンガの原材料を掘り出し、それを即席の作業場に運んでレンガを作り続けている。私が超火力で焼くことにより製造時間は短縮できているが、それでも全部揃《そろ》えるには何か月とかかりそうである。

そんなわけで、今日もその作業場に向かっていたのだが——その途中で異変に気づいた。

「……あれは何でしょう？」

「え？　……あれは……」

ローズが肩から顔を覗かせて下を見る。上空から見てもすぐ目につくものだ。

——一面に広がる農地の外れに、今までは存在しなかった大がかりな魔法陣が描かれていた。

その周りでは村の人々がテキパキと動いており、その中心にはハルバーがいる。何やら指示を出しているようだ。

『あの魔法陣、なんか見覚えあるッスね』

『……まさかね。とにかく行ってみるわ』

私が高度を下げると、ハルバーはこちらに気づいて手を挙げた。そのまま目の前に降り立ち、ローズを背中から下ろす。

「第一聖女様、本日は早かったですね。何かございましたか？」

ハルバーは白々しく、涼しい顔で尋ねてくる。

そっちの動きのせいで仕事がなくなったのだ。わかってるくせに。

「ちょっと仕事が早く片付いただけです！　それより……これは何ですか？」

「良い時に来た、ちょうど今から実演するところだ。聖女様も是非ご覧になってください」

気づけば、魔法陣の中心には大量の穀物や野菜が運び込まれていた。準備を整えて待機する人々にハルバーが呼びかける。

「それでは始めます」

そう宣言し、ハルバーが魔法陣に手をかざす。膨大な魔力が流れ込んでいくのがわかる。

すると、魔法陣が光り始め――一瞬にして穀物が消えた。

「「おおっ」」

「驚くのはまだ早いですよ」

人々がどよめいたのもつかの間。次の瞬間には、何もなかった空間に衣服が現れた。王都の服屋に並ぶような高級品。紛《まぎ》れもなく転移魔術だ。

今度は歓声が上がる。ハルバーは魔力の供給をやめ、得意げに呼びかけた。

「君たちの育てる穀物や野菜は非常に価値の高いものだ。送ってくれればその対価として、調味料、衣服、農具、本、その他嗜好品《しこうひん》など好きなものと交換してやろう」

ハルバーの言葉に人々が目を輝かせた。

その喜びように驚きはない。王都とこの地域には今まで商業的繋がりがなく、魔術なしでここから王都に行くなら数日はかかる。生活水準が大きく向上するはずだ。

――その後、ハルバーは人々に今後の流れを説明していった。魔法陣を発動するための魔術師を手配すること、農耕や牧畜の生産拡大にも全面的に協力することなど。

私やローズの出る幕はない。話が一段落し解散した後、ローズがハルバーに詰め寄った。

「転移魔法陣の技術は一部の先進国に独占されていたはずです！　帝国と繋がっているものだって原理は解明できていないですし、こんなのどうやって——」

「言うまでもなく、第二聖女様にご教授いただいた」

「な、なぜそんなものを知って……」

「聖女様の英知は俺たちの常識に収まらない、それだけだ。もちろん、本物に限っての話だが」

ハルバーは私を横目に見た。ローズも「ぐぬぬ」と言いそうな表情で言葉に詰まっている。

『ねぇ、あんなの出されたらホントにヤバいんじゃないの？』

『興味深いッスねぇ。これでこの地域にも新聞を広められそうッス』

『後で考えなさいそんなの』

商魂《しょうこん》たくましいのは結構だが、今はそんな場合ではない。続いてハルバーは私に向き直った。

「ご理解いただけているとは思いますが……魔法陣の導入により、レンガの製造は中止となりました。第一聖女様の仕事はありません」

「……」

ハルバーはまるで戦士時代のように、丁寧な言葉遣いのまま、見下すような目を私に向けた。

「お時間が空いたでしょうから、ご予定を追加させていただきます。第二聖女様がお呼びです」

＊

その後すぐ、私は宮殿に戻った。第二聖女が要求したのは私との一対一の対話。ローズを部屋に残し、一人で指定された部屋へ向かう。まあ、いつも通りマリーヌはいるのだが。

『ついに動いてきたッスねぇ。緊張してるッスか？』

『……別に』

そう返してはみるが、強がりだった。

対してマリーヌは声を弾ませているのが憎たらしい。今から何が起こるのか、楽しみで仕方ないのだろう。

『ま、何が起こっても大丈夫ッスよ。アタシがついてるッスから』

『だから不安なんじゃない』

『心外ッスねぇ。っと、この部屋ッスか』

第二聖女に指定されたのは祈禱室《きとうしつ》。宮殿の人間なら誰でも使える、神に祈りを捧《ささ》げるための部屋らしい。聖女同士の対話にはふさわしい場所だ。

覚悟を決め、私は扉を開けた。

「……来ましたか」

第二聖女は部屋の奥で、私を待ち構えるように悠然と座っていた。

――それほど広くない部屋だ。いくつかの椅子が同じ方向を向いて並べられており、その向こうには小さな壇、そしてステンドグラスで作られた宗教画がある。

第二聖女は壇上に椅子を置いて座っていた。背後から美しい光が差し込み、いつにも増して神々《こうごう》しさを纏《まと》っている。

少し気圧《けお》されながらも、私は覚悟を決めて口を開いた。

「お待たせいたしました。話したいことがある、とお聞きしましたが……」

「ええ、そこに座ってください。長く話すつもりはありません」

扉を閉め、向かい合った椅子に座る。壇上の第二聖女が自然と私より少し高い位置になるのは、上下関係を示すつもりなのだろうか。

第二聖女はあくまで高圧的に、鋭い目を私に向けた。

「単刀直入に言いましょう。貴方《あなた》は聖女にふさわしくない」

「……どういうことでしょうか」

「貴方が一番よくわかっているはずです。私が本物であり、貴方は偽者。本物より成果を出せば問題ないとでも思っていたのでしょうが、政治的才覚において貴方は私に、あるいはあのローズという小娘にさえ敵《かな》いません。それがわからないほどの馬鹿ではないでしょうが」

尊大な態度を隠そうともせず、第二聖女は淡々と語る。口を挟む余地がない。

「とはいえ、貴方にも価値はある」

第二聖女は不躾《ぶしつけ》に私を指さした。

「貴方の聖女としての才覚は私に及ばない。ですが、魔力の扱いについては常人離れしている。その力を活《い》かすにふさわしい役割を、貴方はよく知っているはずです」

「……どういうことでしょうか」

「簡単なことです」

その眼光がより一層鋭くなる。


「貴方は軍人に戻りなさい――アリシアよ」


――世界が止まったように感じた。全身に鳥肌が立ち、心臓がバクバクと鳴りだす。

『変に反応しちゃだめッスよ。とぼけておけば大丈夫ッス』

『……わかってるわよ』

マリーヌの声で落ち着きを取り戻す。なぜバレたのか、なんて今考えても仕方ない。私が認めなければいいだけだ。

「アリシアとは、先の戦争で亡くなった方でしょうか。それは一体どういう――」

「貴方がそう言うことはわかっていますし、時間を無駄にするつもりもありません。ですから、貴方が取れる選択肢を一つ提案しましょう」

私に疑問を呈する余地も許さないまま、第二聖女は人差し指を立てた。

「貴方は本来死刑になるべきですが、見逃しましょう。例えばこういう筋書きはいかがでしょうか。貴方は先の戦争で帝国軍に捕らわれ、特殊な魔術によって洗脳され、フロールの秩序を破壊するため聖女になりすました。しかし私がその洗脳を解いたのだ、と。こうすれば貴方は無事軍に戻れます」

「……」

「そう警戒なさらず。帝国相手に一人で脅威を与えられる貴方には利用価値があり、死なれる方が不都合。それだけのことです」

第二聖女の言葉は筋が通っているようにも聞こえた。第二聖女が聖女、私が軍人、その方が国も上手《うま》くいくのかもしれない。そんな考えが頭をよぎり、心が揺れる。

——だが。

『ここはアタシに任せるッス』

いつになく真剣さを孕《はら》んだその一言を聞き、即座に思考を切り替える。私はマリーヌの指示に従い、毅然《きぜん》とした態度で聖女様を睨み返した。

「本物の聖女は私です。あなたが何者であるのかは存じ上げませんが、その提案は到底受け入れられません」

「……それが貴方の答えですか。もう少し賢いと思っていましたが」

第二聖女は不快げに眉をひそめた。初めて見せた表情だった。そうして一つため息をつく。

「頭を冷やしてよく考えなさい。気が変わればいつでも話は聞きます」

第二聖女はそう言い残すと、つまらなそうな表情のまま立ち上がり、部屋を出ていった。

――一気に緊張が抜け、背もたれに体を預ける。

『いやー予想外ッスねぇ』

マリーヌも一息つき、こんな時でも少し楽しそうにつぶやく。本当に図太い。

……マリーヌの言う通りにしたが、冷静に振り返るとヤバい気がしてきた。

『ねえ、提案に乗っといた方が良かったんじゃないの？』

『あっちが約束を守る保証もないッスよ』

『それは……でも私の正体がバレてるのよ？　あっちの気分次第で死刑なんだけど！』

『あー、それなら大丈夫ッス』

『え？』

『あんな提案を持ちかけてきたこと自体、アリシアさんの正体も自分が本物であることも証明できないって言ってるようなもんッス。証明できるなら、今すぐ全部明かして思い通りにやるはずッスからね。別に施策で次々成果を出してるのだって決定的な判断材料にはならないッス。焦《あせ》ってるのはあっちッスよ』

『……そう、なのかも？』

マリーヌはそこまで考えてあの答えを返したらしい。よくもまあ頭が回るものだ。

『てなわけで、アリシアさんは変わらず堂々としとけばいいんスよ』

『……そうね』

私は曖昧《あいまい》な返事をする。

マリーヌの言う通りなら、死の危機は思ったより迫っていないらしい。だが、これでいいのだろうか。そんな疑念は頭にこびりついている。

するとその時、部屋の扉が開く音がした。

「……聖女様？」

部屋に入ってきたのはローズだった。らしくもない物憂《ものう》げな表情を見て肝《きも》が冷える。

「ローズさん、私たちの話を聞いていましたか？」

「いいえ、部屋から少し離れた場所で待機していました。聖女様がなかなか出てこられなかったので、どうしたのかなと……」

その答えを聞いて安心する。ローズはただ心配してくれていたらしい。

「大丈夫です、少し休んでいただけですよ」

「でも、聖女様の顔色が優れません。偽者に何を言われたのですか？」

「……貴方は聖女にふさわしくない、と」

「そんなわけありません！」

ローズは強い口調で断言した。

「偉そうにふんぞり返るだけで、聖女にふさわしくないのはあっちの方です！　でも聖女様は違います！　心から民の幸せを願い、寄り添っています！　何万もの人々が聖女様に感謝しているんですよ！」

「……ありがとうございます」

「自信を持ってください！　私も全力でサポートしますから！」

ローズは私の手を取り、純粋な目で私を励ましてくれる。その輝きが眩《まぶ》しく感じられ、私は無意識に目をそらしてしまった。

＊

その翌朝。いつも通りローズに起こされて朝食をとった後、二人で講堂に向かっていた。

なんでも、フィルシオ様直々《じきじき》のお呼び出しらしい。昨日の今日なので、もしや私を断罪するための裁判が行われるのか、戦々恐々としながら向かったのだが。

「本日、聖女様には神託を行っていただきます」

フィルシオ様が厳《おごそ》かに言う。それを聞いているのは私とローズ、第二聖女とハルバーだ。

「まずは神託についてご説明いたします。神託とは、聖女様が神の言葉を賜《たまわ》る儀式です。場所はフロール北西部の山脈にある洞窟、通称『聖《ひじり》の巌窟《げんくつ》』にて行います」

『最初の聖女様が降臨した場所と言い伝えられる聖域ッスね』

フィルシオ様の解説をマリーヌが補足してくれる。こういう時にマリーヌの存在は便利だ。

「この儀式は本来、聖女様がご降臨され一通りの改革が終わった後《のち》、具体的にはご降臨後三か月後を目安に行う決まりとなっております。ですが、お二方による改革は想像以上の早さであったため、時期を早めることとします」

「すなわちこの儀式は、どちらが本物かを判断する材料にもなるわけですね」

「……ああ、その通りだ」

ハルバーの指摘に対し、フィルシオ様は煮え切らない返事をする。儀式の在《あ》り方なんてのは建前で、こちらが本命なのだろう。本物を判定するのにはもってこいだ。

「それは私たちにとっても好都合です。真の聖女様の力を示すことになるでしょう」

「違います！　聖女様こそが本物だと証明するチャンスです！」

ハルバーとローズが言い合うが、もちろん私にとってはピンチである。

「この後は馬車で聖の巌窟へと移動します。ご準備をお願いいたします」

諸々《もろもろ》の説明を受けた後、フィルシオ様がそう言ってその場を締めた。部屋から出ると、第二聖女に声をかけられる。

「真実は今日にも明らかになります。今からでも遅くはありませんよ」

「……それはこちらのセリフです」

「そうですか。それが貴方の決断であるならば、私は何も言いません」

　当然ながら、第二聖女からは余裕を感じられた。


　それからすぐ、ローズとともに馬車に乗った。私だけなら飛んでいく方が圧倒的に楽だが、フィルシオ様や他の貴族、その護衛も一緒となるとそうはいかない。

「神託は力を使います。少し休ませてください」

「わかりました！」

　隣に座るローズにそう言い、私は目を閉じて寝たふりをする。目的はもちろん、マリーヌとの作戦会議だ。

『ってわけで、神託の言葉は任せたいんだけど』

『嫌ッス』

『なんで即答なのよ。そういう状況じゃないでしょ』

『なんでもかんでも人に頼ってちゃだめッスよ。こんなん適当でいいんスから、自分で考えてみてくださいッス。ほらほら』

『あんたねえ』

マリーヌが面白がっていることは明白だが、一応考える。たしか前にもこんなことが……そう、儀式の時だ。

『誰もが肉と酒を楽しめる社会を、一か月以内に実現します、とか?』

『全然だめッスね。あと二回目なんで面白くもないッス』

『ぶっ飛ばすわよ』

『いや、時期とかを具体的に言うのは普通にまずいッスよ。一か月後にそんな社会が実現できなかったとき、確実に信用を失うッス。第二聖女からしても妨害しやすくなるッスね』

『なるほど』

『あと、今回は聖女様の抱負《ほうふ》じゃなくて神様の言葉ッスからね。そこも間違えちゃだめッス』

さすがにマリーヌの指摘は的確だ。なおさら腹が立つ。

『ま、面白くならないなら仕方ないッスね。ここはアタシに任せるッス』

『最初からそう言いなさいよ』

今回ばかりは本格的なピンチであり、マリーヌもはじめからそのつもりだったのだろう。一度私をイジらないと気が済まないあたり、マリーヌはいつも通りなようだった。

＊

道があるところまでは馬車で進み、それから少し歩くと、山肌に大きく穴が開いた場所に着いた。入ってからは進むごとに暗くなっていき、やがて開けた場所に出る。

「美しい……」

貴族の誰かがそうつぶやいた。普段は立ち入り禁止の聖域であり、この光景を見るのは初めてなのだろう。

――現れたのは、家が五つは建てられそうな広い空洞だった。空洞の奥には祠《ほこら》があり、ところどころから漏れる光がそれを照らし出している。神秘的な空間だった。

「聖女様が祠の前で祈ると、神からの言葉を受け取ることができる――伝承にはそう書き記されています。この神託は過去、何度もフロールをより良い方向に導いてきました。それではまず、第一聖女様からお願いいたします」

「はい」

フィルシオ様の声に応《こた》え、私は祠の前に歩み出た。

この場の全員が押し黙り、視線が集まるのを感じる。

『さ、ここはアタシの出番ッスよ』

マリーヌの声に耳を傾ける。私は指示に従い、全身に光を纏った。もちろん魔術で生み出しているものだ。

「必ずや、神のお導きのままに」

その状態で胸の前に両手を合わせ、祈りのポーズをとる。静寂がこの空間を支配する。

……そのまましばらく経った後《のち》、光を消して振り返り、皆がいる方に向き直った。

「神は仰《おつしや》っています。私が召喚されてからのフロールの発展は素晴らしいものであり、あるべき姿へと着実に近づいている。このまま改革を進めるべし、と」

空洞の中で私の声が反響し、誰もが耳を傾ける。

「そして神は、第二聖女についても言及されました」

場に緊張が走った。第二聖女は表情一つ変えずにこちらを見ている。

「聖女になりすますという彼女の行為は、神の権威を貶《おとし》めるものです。しかしながら、その功績は認めるべきであることもまた事実です。異なる視点を持つ私と第二聖女が力を合わせることで、この国はより良いものとなるでしょう」

私は一呼吸置き、柔らかな微笑みをたたえて言う。

「第二聖女を赦《ゆる》しなさい。これが神の御言葉です」

「なんと……！」

フィルシオ様が目を見開いた。私は慈悲のこもった目で第二聖女を見つめる。

「神もこう仰っています。あなたは聖女ではありませんが、今ここに罪を告白し懺悔《ざんげ》するのならば、その手腕を認め、国政を担《にな》う一人として宮殿に迎え入れましょう。いかがでしょうか」

マリーヌの狙いが私にはわかる。昨日言われた言葉をそのまま返しているのだ。

全員の視線が第二聖女に集まる。しかし彼女は眉をひそめ、不機嫌さを露《あら》わにして答えた。

「よくもまあスラスラと詭弁《きべん》が出てくるものですね。皆様、偽者の言葉に耳を傾ける必要はありません。私が真の神託をお聞かせします」

私の言葉を軽く受け流し、第二聖女が歩いてくる。私は祠の前を譲り、ローズの隣に戻った。

『まさか昨日言われたことをそっくり返すなんてね。でも残念ね、受け入れてくれたら私が聖女になれたのに』

『いや、そんなの狙ってないッスよ』

『え？』

『断られることなんてわかりきってるじゃないッスか。あの言葉の狙いはその先にあるッス。もはやあっちは神託で同じ手を使えないんスよ』

『……どういうこと？』

『あっちが本当に神の声を聞いたとして、アリシアさんに言及することはほぼ間違いないッス。その時、同じようなことは言いづらくなってるッス』

『まあ、真似だと思われるもんね。いかにも偽者っぽい』

『かといって「第一聖女を赦すな」なんて言ったら、アリシアさんに比べて心が狭く聞こえるッス。たとえそれが真実だったとしてもッス』

『……なるほど』

『先攻を取れて楽ができたッスね。さて、第二聖女がどう出てくるか見ものッス』

感心してしまった。この状況をゲームのように楽しむ胆力《たんりょく》、さすがはマリーヌと言うべきか。

そしてそんなことを言っている間に、第二聖女が祠の前に立った。

「必ずや、神のお導きのままに」

第二聖女は私と同じく、胸の前に手を合わせる。そうして神の声を聞く態勢に入った……と思ったのもつかの間。

——すぐに顔を上げ、普段よりもいっそう鋭い目つきで振り返った。

「落ち着いて聞いてください！　本日、帝国が我が国に戦争を仕掛けてきます！」

「本日、ですか!?」

「間違いありません」

第二聖女が珍しく大声を発した。フィルシオ様は半信半疑の様子だが、彼女は冷静だ。

「しかし、戦争は先日終わったばかりで——」

「だからこそ裏をかいたのでしょう。本日は国王に軍の元帥《げんすい》、その他有力な魔術師が揃《そろ》って王都を不在にしています。指揮系統が乱れるのは必至、攻めるには絶好の機会です」

「なるほど……しかし先の戦争では我々が勝利しました。これほどすぐに態勢を立て直せるものでしょうか」

「先の戦争で帝国に損害はありませんでした。あの戦争における帝国の狙いは、最小限の戦力でアリシアをおびき寄せ、仕留めること。二の矢を前提とした戦略です」

そう言いながら第二聖女はチラリと私を見た。心臓がバクバクと鳴る。

――彼女の言う通り、この前の戦争は私を狙ってのものだった。こうして私は生きているが、もちろん帝国はそれを知らないはず。態勢を整えて再度仕掛けてくるのは自然なことだ。

「時間は限られています。今すぐ宮殿に戻り、対策を練りましょう」

「しかし、儀式にはまだ続きが……」

「帝国の侵攻をこの状況で食い止める力は今のフロールにはありません。ご決断を」

第二聖女の重苦しい言葉に貴族たちもざわつく。

『神託が具体的すぎるッス。さっきのアリシアさんの案と同じじッスね。こんなのが外れたら今日で偽者確定ッスよ』

マリーヌだけはいぶかしげに、そして冷静に状況を分析していた。その通りなのだろうが、もしこれが本物の神託であったのなら……。

「――フィルシオ様！　ハルバー様！」

洞窟内のざわつきを切り裂くように、男の鋭い声が響き渡った。現れたのは、馬車の番をするために下で待機していた軍人たちだ。

……まさか。

「宮殿にて狼煙《のろし》が上がるのを確認しました！　帝国からの侵攻です！」

「なっ——！」

「遅かったですか」

誰もが絶句する中、第二聖女は一人歯噛みする。しかしすぐに表情を引きしめ、再び声を張り上げ指示を出した。

「私とハルバーは戦場に向かいます！　各人、与えられた役割を果たしなさい！」

「「はっ！」」

それだけ言い残し、第二聖女はハルバーとともに飛び出していった。

「聖女様、どうしましょう……」

ローズが不安に満ちた目で私を見上げる。戦争なんて慣れているはずなのに、足が震えた。

——あの日、私がそのまま軍に戻っていれば、この戦争は起きなかった。帝国の作戦は失敗に終わって、フロールに手を出すべきではないという結論になって、それで済んでいたはずなのだ。

だから、この戦争は——私の責任だ。

「私が戦います」

そうローズに告げると同時。

私は最高速で洞窟を飛び出し、第二聖女とハルバーを追い越していた。

＊

敵の勢力は遠目からでもはっきりとわかった。

帝国とフロールにまたがる一番大きな平原を、数百の騎馬が駆けてくる。これだけなら大したことなさそうだが、おそらく馬はただの移動手段。一人で戦える魔術師が大半なのだろう。

さらに厄介なのが、扇《おうぎ》のように広がって飛んでくる兵士たちだ。数としては百人程度だが、空を飛ぶという移動手段をとっているだけでも実力者なのは確実。

――そんな、前回とは比べ物にならない勢力が、迎え撃つフロール軍の隊列まであと一キロというところに迫っている。フロール兵は皆不安げな表情を浮かべていて、このまま戦いになれば一たまりもない。

私は急降下した。

「止まってください！」

騎馬の大群の進行方向、そのはるか前方に降り立ち、魔術で声を拡大しながら叫んだ。帝国の騎馬が一斉に止まる。魔術が届きうる、簡単には手出しできない間合いだ。

すると、敵軍の中から一人が代表して前に進み出てきた。

「おいおい、誰かと思ったら聖女様じゃねぇか！」

相手も魔術の使い手。声を拡大して私に話しかけてくる。

育ちの悪そうなその口調には聞き覚えがあった。目を凝《こ》らしてみれば、なんとあの金髪だ。

「先日は上のもんが世話になったらしいねぇ。魔力でビビらせて条約の破棄を突きつけたとか。可愛らしい顔してやるじゃねぇか嬢ちゃん」

「いえ、決してそんなつもりは……」

「とはいえ帝国を怒らせたのは失敗だな。こうして戦争を吹っ掛けられちまったんだから。いや俺も可哀想だと思うよ？ 明らかに戦力過多だからな、国丸ごと滅ぼすのかってレベル」

金髪の言葉からは余裕が窺《うかが》える。それほど圧倒的な戦力を引き連れているのだろう。

「つーわけでどいてくれよ聖女様。女の子にはとてもじゃないが見てられないようなことになるぜ？」

凄《すご》む金髪を横目に、私は後ろをチラリと見た。

フロール軍の中には見知った面々もいた。私にとっては大して良い思い出ではないが、彼らが笑って過ごしていた姿を私は知っている。

私が逃げれば彼らが蹂躙《じゅうりん》されるのだ。そんな選択肢はあり得ない。ならば。

「一つご提案があります。この戦争、私一人のみと戦いませんか？」

「……はあ？」

「私を倒すまで、他のフロール兵を攻撃しないでください。その代わり、私の命が尽きるまで、私以外のフロール兵は一切そちらに攻撃しません。いかがでしょうか？」

「……てめぇ、本気で言ってんのか？」

「もちろんです」

目つきが鋭くなる金髪の言葉を受け流し、私は後ろに振り返って叫ぶ。

「聖女として命じます！　皆さんは後退してください！　早く！」

私の指示を受け、フロール軍は躊躇《ためら》いがちに後退していく。これで戦いに巻き込まれることはないだろう。

「ご覧の通りです。いかがでしょうか」

「……へぇ？」

私は金髪に答えを促す。眉をひそめている金髪は戸惑っているのか、それとも呆れているのか。

——それにしても恐ろしい光景だ。帝国軍の魔術師が地上に空にザっと数百人、私の味方は一人たりともいない。

『……大丈夫ッスよね？　アリシアさんが負けるはずないッスよね？』

『わかんないわよそんなの』

『……っ』

あのマリーヌが言葉を失う。冗談でも何でもないと伝わったのだろう。

——これだけの数の魔術師を相手にするのは初めてだ。この前と同じレベルなら何とかなるだろうが、今回の帝国軍は本気。私レベルの魔術師がうじゃうじゃいないとも限らない。

『……こんなところで死んじゃだめッス！　いったん後方に回るッスよ！』

『やだ。だいたいね、ここで私が負けるようならフロールは終わりよ』

『いや……そうかもッスけど……』

戦いに関する状況分析なら私に分《ぶ》がある。マリーヌだってわかっているはずだ。

そして、考え込んでいた金髪はニヤリと笑った。

「いいぜ、乗ってやる。死んで後悔しな」

「……望むところです」

私は全身に力をたぎらせ、守りの態勢に入った。空を晴らした時のような攻撃は繰り出せない。先に攻撃すれば敵の反撃を捌《さば》けない、だからまずは防御に徹する。

そんな風に頭を働かせ、心から湧き上がってくる恐怖を抑え込む。本当なら逃げ出したいくらい怖い。

だが、絶対に被害を出すわけにはいかない。最低限時間稼ぎだけでもできれば……ハルバーや第二聖女が態勢を整えてくれるはずだ。

フロールは私が守る。そう心に決めた――その時だった。

「――お待ちください」

よく通る鋭い声が平原に響いた。

私の前に降り立ったのは第二聖女だ。宮殿から指示を出すだけだったのに、まさかここで最前線に出てくるとは思わなかった。

「ここは危険です！　下がってください！」

「貴方の指図を受ける道理はありません」

私の制止を意にも介さず、第二聖女は金髪の方へと歩いていく。あまりに危険すぎる距離だが、彼女には一切の躊躇いがない。

そんな様子なので、むしろ金髪が気圧されているように映る。

「な、なんだてめぇ。死にてぇのか？」

「私はフロールの聖女です、以後お見知りおきを。もしよろしければ貴方《あなた》のお名前を聞かせていただけませんか」

彼女は金髪が乗る馬の前に立ち、らしくもない柔らかな声で金髪に話しかけた。金髪は戸惑いながらも答えを返す。

「……俺はライデル・オリシスだ。よく覚えておけ」

「ライデル様はこの軍を率いていらっしゃるのですね」

「ああそうだ。俺の命令一つで軍が動くんだ。この意味がわかるか？」

「……驚きました。その若さでこれだけの軍を任されるとは、並大抵の人間に成せることではありません。ライデル様はさぞ優秀なのでしょうね」

「ほう、話がわかる女だな。俺は家柄・魔術・頭脳、すべてを兼ね備えた男だ。数年後には能なし揃いの上に代わって、俺が国政の中心を担っているだろう」

第二聖女の柔らかな反応に、金髪が気を良くしたのが表情でわかった。第二聖女はいったいどういうつもりなのだろうか。

「帝国の上層部は、ライデル様には及ばない方々ばかりなのですか?」

「ああ。上は目先のことしか考えてないからな。考えの浅いやつばっかりだ」

「ライデル様は先々のことを見据えていらっしゃるのですね。そんなライデル様なら、この戦争の後、帝国がどうなるかも考えていらっしゃるでしょう」

「もちろんだとも。まずはこの戦争で大勝するだろ? ま、フロール自体に大した価値はないがな。帝国の力を世界に知らしめる役には立つさ」

「仰《おつしや》る通りです。帝国とフロールのような関係性の国はたくさんあります。それらの小国たちは揃って帝国を恐れるでしょう」

「ああ……いや待てよ。次にやられるのはうちだ、そう考えたやつらはどうする? 同盟でも結んで、死に物狂いで逆らってくるんじゃないか?」

流れるように進んでいた会話の風向きが変わった、気がした。

「なるほど、確かにそうかもしれません。上層部はそこまで考えているのでしょうか？」

「いや、まず考えてねぇな。あいつらは外交での失敗が気に入らねぇだけなんだよ。しかしそうなると厄介だ。ここは攻めるべきじゃねぇ」

「さすがはライデル様、ご慧眼《けいがん》ですね。ここは一度引き、そう進言してみてはいかがでしょう」

「……いや、さすがにそうはいかねぇだろ。俺たちは攻撃命令を受けてるんだぜ？」

躊躇《ためら》うようにそう言う金髪に対し、第二聖女は祈りのポーズをとった。

「私は貴方のご栄達をお祈りします。ここでライデル様のご慧眼が評価されることは、帝国のため、そしてライデル様の輝かしい未来のため、最善の一手となるはずです」

金髪が目を見開き、表情を崩した。

「こんな田舎くさい国にも俺の偉大さを理解できるやつがいるとはな。お前、名前は？」

「私は名もなき聖女です」

「そうかい。ならいつでも帝国に来いよ、歓迎するぜ。……お前ら、撤収だ！」

金髪は後ろを振り返り、大声で命令を下した。

驚いたことに、その一言で兵たちの馬が一斉に方向を変えた。男の指示は絶対なのだろう、誰一人として振り返ることなく引き上げていく。

『……何なんスかこれ。こんなのありえないッスよ』

力の抜けた声でマリーヌがつぶやく。私だって信じられなかった。

――あまりに鮮やかな交渉術。フロールを攻め滅ぼせるほどの戦力を向けてきた帝国に対し、言葉だけで戦争を止めてしまった。

「ひとまず危機は去りました。宮殿へと帰り、早急《さつきゅう》に対策を練りましょう」

帝国軍を見送り、第二聖女は涼しい顔で言う。優しげな声音は消え去り、いつもの第二聖女に戻っていた。あんな演技力を隠し持っていたなんて。

フロール軍からはどよめきが止《や》まない。目前に迫った死地が回避されたのだから当然だろう。

「いざというときには自《みずか》ら動き、結果を残す。さすがは聖女様、だな」

「……」

ローズの隣に立っていたハルバーが、まるで勝ち誇るかのように、妹の言葉を借りてつぶやく。ローズは何も言えないままうつむいた。私だって何もできない。

『これが、本物なのね』

『……そうなんスかねぇ？』

マリーヌは言葉を濁すが、今日一日で確信に変わった。きっとこの場にいる誰もが同じことを思っただろう。

本当にこの国の未来を担うべきなのは――。

＊

戦争勃発《ぼっぱつ》未遂という大事件を受け、その後は戦争に備えるための会議が開かれた。

私は空を飛び回って疲れていたし、その間マリーヌは「調べたいことがあるッス」と言って口出ししてこなかったこともあり、会議は静かにやり過ごした。どうせ私が何もしなくても、第二聖女がテキパキとこなしてくれる。ローズは終始私を心配してくれていたが、その想いにどう応えればいいかわからなかった。

あんなに美味しかったはずの夜ご飯も味がせず、ずっと意識が宙に浮いたまま、気づけば夜になっていた。灯《あか》りを消してもまったく眠れなかった。

『マリーヌ、まだ起きてる？』

『なんスか？　明日の新聞なら着々と仕上がってるッスよ』

『忙しいところ悪いんだけど、相談したいことがあるの』

『仕方ないッスねぇ。片手間に聞いてあげるッス』

心底めんどくさそうに返された。マリーヌはいつもの調子だが、私の方はそうもしていられなかった。どうしても聞いてほしかった。

『ずっと考えてるの。私が聖女でいいのかなって』

『……どういう意味ッスか？』

マリーヌも真剣みのある声で応える。

しょせん私は偽者だ。本物じゃない。私もちゃんと聖女をやれていたつもりだったけど、この数日で思い知らされた。

『今日のでわかったでしょ。あの神託からしても、第二聖女は間違いなく本物だし、あんな交渉だって私にはできない。だから第二聖女の提案を受けてみるのもいいのかなって』

――第二聖女に聖女の座を明け渡し、私はアリシアとして軍に戻らせてもらう。

第二聖女から示された提案は、彼女の言う通り、最もこの国のためになる。今なら強くそう思える。

『えー、そんなのつまんないッスよ』

『私は真剣なんだけど？』

『わかってるッス。でも、この前も言ったじゃないッスか。第二聖女が約束を守るかなんてわかんないッスよ』

『……そうかもしれないけど、やっぱりこのままじゃだめだと思う。みんなのためにも』

私がそう言うと、マリーヌはフッと笑った。

『アリシアさんは優しいッスね。アタシとは大違いッス』

『え？』

なぜ私が優しいという話になるんだろう。マリーヌが優しくないのは言うまでもないけど。

そう尋ねる暇《ひま》もなく、マリーヌは言葉を続ける。

『アタシはちゃんと、アリシアさんの方がよっぽど聖女にふさわしいと思ってるッス。いつもローズが言ってる通り、アリシアさんは第二聖女にはないものをたくさん持ってるッスよ』

『でも……』

『難しいことは考えなくていいんッス』

マリーヌは私をなだめるように、温かな声で言う。

『アリシアさんの力は、人を幸せにできるッス。アタシが保証するッスから』

一切の迷いがない、自信に満ちた声だった。私は何も言えなくなってしまう。

『ま、考え直すなら明日でいいッスよ。これから死ぬほど面白くなるッスからねぇ』

そして一転、いつもの軽薄な調子に戻った。その言葉には企《たくら》みが見え隠れしている。

『死ぬほど面白いことって?』

『そりゃもちろん、明日の新聞を乞《こ》うご期待ッスよ』

『聖女に関することよね?　何があるの?』

『情報のリークを狙ってもだめッスよ。リアルタイムで知るのが新聞の醍醐味《だいごみ》ッス』

『えー、ケチ』

変にプロ意識が高いあたり、やはりいつものマリーヌに戻ったようだった。それでいい。

『じゃ、アタシは新聞に集中するッスね。おやすみなさいッス』

『……うん、おやすみ』

私は目を閉じた。こんな会話でも、マリーヌの声を聞いて心が落ち着いたのがわかる。眠りに落ちていく中、マリーヌの言葉が一つ頭に残っていた。そのせいだろうか。

――懐《なつ》かしい夢を見た。

＊

物心ついた頃にはすでに、私は孤児だった。おそらく生まれると同時に捨てられ、孤児院で保護され、育てられた。アリシアという名前は孤児院の先生がつけてくれたらしい。

死別したわけでもないし、家族がいないことを悲しいと思ったことはない。孤児院には同じような境遇の子がたくさんいて、一緒にご飯を食べたり文字を習ったり、貧しくも楽しい毎日だった。

――だがそんな日々は、ある日を境にして緩《ゆる》やかに終わっていく。

私の魔力が発現したのは六歳ごろの時だった。子供の魔力が発現すること自体は孤児院でも珍しくなく、先生によって魔術の指導が行われる。

といっても、子供が使う魔術なんて大抵は、「ちょっと水を作れる」とか「ちょっと強い風を起こせる」とか、大したことのないものだ。そんな魔術をワイワイと披露《ひろう》し合うのがみんなの楽しみでもあった。

だが、私には才能があった。普通の人なら一生かけても習得できないような炎魔術や雷魔術を、最初から扱うことができたのだ。

私には飛び抜けたセンスがあると思ったし、みんなも私のことを褒《ほ》めてくれた。それが嬉しくて、どんどんいろんな魔術を披露していった。空を飛ぶ、姿を隠すといった上級魔術を難なく習得し、オリジナル魔術の開発まで手を出していった。

――だが、それがいけなかった。

みんなが私に向けていた羨望《せんぼう》や好奇の目はいつしか、嫉妬や恐怖に変わっていた。超えてはいけないラインを超え、みんなから見た私はもはや、人間ではない何かとして映っていた。

私がそれに気づいた時には、もう遅かった。

「今日から私たちと一緒に暮らすアリシアちゃんです。みんな仲良くしましょうね」

ある日、私は新しい孤児院を訪れていた。

フロールにはいくつか孤児院があり、子供が転院することもあった。うちでは面倒を見られないという孤児院側の都合によるものであり、早い話が問題児の追放だ。何度も追放されていると奴隷商人に売り払われる、なんて噂もあった。

そして、私の転院は初めてではなかったが、ケースとしては特殊だった。

私は問題なんて一度も起こしていない。危険だから手元に置いておきたくないと、そう思われていただけ。私に勝てる人間などそういないので、もちろん売り払うなんて無理な話である。

「ほら、アリシアちゃんもご挨拶」

「……よろしくお願いします」

私はペコリと頭を下げた。だが、パラパラと拍手する子供たちの反応は渋い。

この頃にはすでに、私の魔術は悪い意味で別の孤児院にまで知れ渡っていた。ひたすら魔術を研究し習得していく様は、周りから見れば不気味に映ったらしい。

今は隣でにこやかに微笑んでいる先生だってそうだ。陰では私を恐れ、どう対策するかを議論していたのを知っている。気づいたところで文句を言ったりはしないが。

「じゃあ、アリシアちゃんのお友達になってくれる人はいるかな？」

先生が子供たちに質問を投げかける。無駄な質問だと思ったが、意外にも、真っすぐに手を挙げる子供がいた。背が低いことくらいしか特徴がない、同年代の女の子だ。

「マリーヌちゃん、アリシアちゃんをよろしくね」

先生はホッとしたような表情を浮かべた。マリーヌと呼ばれた女の子に手招きされ、私はしぶしぶその隣へと移動する。

――またか、と思った。

私に関わってくる人は大きく分けて二種類。怖いもの見たさで興味を向けてくる人間か、あるいは「自分が仲良くしてあげなきゃ」という使命感を持った人間か。先生の反応を見る限り、この子は後者だろうと思えた。

「アリシアさんのこと、噂には聞いてるよ。すごい魔術が使えるんだってね！」

「……まあ」

「どんな魔術を使えるの？　見てみたいなあ」

その後。賢明な子供たちは私たちを置いてどこかに行き、二人きりになったところでマリーヌにそう尋ねられた。案外マリーヌは前者でもあるのかもしれない。

だが、そんなことはどうでも良かった。どうせ長くは続かないのだから。

「……見せてあげる」

私はそう答えると同時——ブワアッと背後に火柱を噴き上げた。

一気に辺りが熱くなり、チリチリと火花が弾《はじ》ける。空気が赤く染まる。

——魔術師レベルの魔術であり、こんなことができる人間はそういない。たいていの子供はこれを見せると、私の実力に恐れをなして逃げていく。

このマリーヌという子も同じだろう。そう思いながら火柱を消す。

「わかったでしょ、これ以上私に近づくのは——」

「すごいッス！　想像してた以上ッスよ！」

「え？」

マリーヌは目をキラキラと輝かせ、ぶつかりそうなくらいグイッと顔を近づけてきた。

「どうやってるんスか!?　他にどんな魔術が使えるんスか!?」

「ちょ、なんかキャラ違う、っていうか近……私のこと怖くないの？」

「怖い？　なんでッスか？」

「なんでって……今のでわかったでしょ？　私はマリーヌのこと、簡単に殺せるんだよ？」

私はマリーヌから距離を取り、目を伏せた。

――私が散々たらい回しにされてきた理由がこれだ。仲良くしようとしてくれた子供も、私を引き受けてくれた先生も、この事実をありありと実感した途端に離れていった。私は不気味で怖い存在。そんな子供は近くにいてほしくないのだ。

そうなるくらいなら、最初から仲良くならない方がいい。だからこうして見せている。マリーヌにはその意図が伝わらなかったようだが。

「いや、わけわかんないッスけど」

「え？」

マリーヌは私の言葉をバッサリと否定した。こちらが驚かされるくらいに清々《すがすが》しく。

「アリシアさんがアタシを殺す理由なんて何もないッス。現にさっきだって、アタシに火が当たらないようにしてたじゃないッスか」

「そう、だけど……」

「それより他の魔術ッスよ！　炎以外にも何か出せないんスか？」

「え、雷くらいなら……ほら」

「おおっ！　それじゃあ別のやつも見たいッス！」

「じゃあ……」

それからはやけにテンションの高いマリーヌにせがまれるまま、様々な魔術を見せることになった。誰かに披露したかった、だけどその機会が巡ってこなかったものばかりだ。

ひとしきり見せ終わると、マリーヌは心から満足した表情を浮かべていた。

「いやぁ、ホントにすごいッスね」

「……ありがと」

褒められるのは久しぶりだった。ちょっと照れる。

「こういう魔術って何に使うんスか？　これだけいろいろできたら人生楽しそうッスよね」

「そんなこともないよ。魔術を使うとみんな怖がるから、人前で使うことはないし」

「え、こんなにすごいのにッスか？」

「魔術が上手《うま》いのは、ずっと一人で練習してたからだよ」

自虐気味に言ってみて、なんだか悲しくなってきた。誰にも相手にされないから他にやることもないのだ。そんな魔術をマリーヌに今日披露できたのは……ちょっと嬉しかったけれど。

「ふーん……？」

私の言葉を聞くと、マリーヌは不思議そうに考え込んだ。その胸の内は私には窺えない。

そしてほんの数秒後——マリーヌは私の目を覗き込みながら口を開いた。

「……いいことを思いついたッス」

——ぞわりと寒気《さむけ》が走り、背筋が凍った。マリーヌは口の端をつり上げ、悪魔のように邪悪な笑みを浮かべていたのだ。

私にこんな笑みを向ける人間なんていない。初めて味わう感覚だった。

「まだ魔術は使えるッスか？」

「え？　余裕だけど……」

「なら行くッスよ！」

するると突然、マリーヌは私の右手を取って走り出した。

「あの、行くってどこに？」

「魔術を使うんスよ！　こんなすごいの、使わなきゃもったいないッス！　これから面白くなるッスよ！」

本気で焦《あせ》った私に対し、マリーヌは心から楽しそうに、ニッと笑った。

——誰かと手を繋ぐなんて久しぶりだった。だからどうってわけじゃないけれど……体が熱くなるような、不思議な感覚があった。

この時の私にわかったのは——マリーヌは今まで出会ってきたどんな人とも違う、それだけだった。

……まさかこの後、街中で私の魔術を見世物にして観覧料を集め、先生にこっぴどく怒られるなんて思いもしなかったが。


それからはずっと、マリーヌと一緒に過ごした。

面白いと思ったことは何でもやろうとするマリーヌ、そして大抵のことは何とかできてしまう私。マリーヌは賢く、私が思いつかないような魔術の活用法を次々と思いついた。

二人で大人たちに悪戯《いたずら》を仕掛けたり、かと思えば突然裏切られてピンチになったり、後からマリーヌをボコボコにしたり。大変なこともたくさんあったが、毎日が楽しかった。

そうこうしているうちに、孤児院のみんなは私のことを怖がらなくなっていった。魔力を持たないマリーヌに振り回されているのだから当然かもしれない。普通を通り越して「面白い子」みたいな扱いになっていたのは遺憾《いかん》だが、友達が増えることの方が嬉しかった。

「ねぇ、なんで私にそこまでしてくれるの？」

ある夜、私は隣の布団で寝転がるマリーヌに尋ねたことがある。私としてはちょっと勇気のいる質問だったが、マリーヌは何食わぬ顔で即答した。

「そりゃあ面白いからッスよ」

「面白いって……」

「アリシアさんと一緒にいると、何が起こるかわかんないッス。こんなに面白いことは他にないッスよ」

マリーヌはいつも通りニヤニヤと笑った。拍子抜《ひようしぬ》けしたが、マリーヌらしい答えだと思う。それが少し嬉しくて、つい口が緩んだ。

「私、魔力があって良かったかも」

そう口に出してみてから、私は自分の言葉に驚いていた。

――私は自分の力が嫌いだった。この力さえなければ、みんなと同じように生きられただろうし、みんなを怖がらせることもなかった。そう思っていたはずなのに。

「そりゃあ、ないよりはある方がいいんじゃないッスか？」

「そんなことないよ。みんなと違うし、みんなに嫌な思いをさせることばっかりで――」

「昔の話なんてどうでもいいッスよ。今の周りを見ればわかるじゃないッスか。アリシアさんの力は、人を幸せにできるッス」

「……っ」

マリーヌの言葉を聞いて、私は何も言えなくなってしまった。マリーヌの言う通りだ。

誰もが恐怖していたはずの力で、確かに私は笑顔を生み出していた。

「ま、半分以上は私のおかげッスけどね」

「自分で言っちゃうんだ、それ」

「事実ッスからね。でもアタシにはわかるッス、アリシアさんの力はまだまだこんなもんじゃないッスよ」

「何それ。マリーヌが引き出してくれるの？」

「もちろんッス。きっとアタシたちが大人になったら、もっとすごいことができるッスよ」

子供らしい漠然《ばくぜん》とした夢を語りながら、マリーヌは大人っぽくニヤッと笑った。

こんな昔の話、マリーヌは忘れているかもしれない。だけど私はこの時、確かにこう思ったのだ。

──マリーヌと一緒なら、きっと私は何だってやれる、と。

＊

「……朝からひどい夢を見たわ」

目が覚めた。ベッドから起き上がり、心にもないことをうそぶいてみる。

マリーヌと出会ったあの日から、マリーヌのおもちゃとしての人生が始まった。どうにも道を踏み外している気がしないでもない。

だが、私はあの時間が楽しかったのだ。マリーヌに振り回される時間が。

孤児院を出た今になっても縁を切らず、こうして「聖女になりすます」という壮大な悪ふざけにまで付き合ってあげているのだから、認めざるを得ない。

……こんなこと、絶対マリーヌには言ってやらないが。

『ねぇマリーヌ。私、やるわ』

覚悟を決め、私はマリーヌに呼びかける。不思議と迷いは消え去っていた。

『私はバレるまで聖女を続ける。最後まであんたに付き合うわよ。その代わり、あんたも全力で私を聖女にしなさい』

私はあの時から、マリーヌについていくと決めたのだ。ここまで来てしまったからには死なば諸共《もろとも》である。

だが。

『……マリーヌ？』

マリーヌから反応がない。交信魔術が繋がっている感じはあるけれど。

私の声を無視していないなら、きっとまだ眠っているのだろう。この時間にはいつも起きているはずだが、昨日遅くまで新聞を書いていたせいだろうか。

こんな時に限って聞いていないとは、間《ま》の悪いやつだ。ちょっと勇気を出したのに。

するとその時、コンコンとドアがノックされた。

「第一聖女様、起きていらっしゃいますか」

「え、ああ、はい」

「では失礼いたします」

起床時刻となり、メイドが私を迎えに来た。これ自体はいつも通りだが、やってきたのはローズではなかった。知らないメイドだ。

「今日はローズではないのですか？」

「はい、少し事情がありまして。第一聖女様にはお着替えの後、講堂にいらしていただきます」

メイドさんは端的にしっかりと受け答えする。ローズが可愛い系だとしたら、この人は綺麗系。うちの国は顔でメイドを雇っているのだろうか……じゃなくて。

「すみません、少し体調が優れず。少し待っていただけませんか」

私は仮病を使った。日頃の行いの良さを考えれば通用するはずである。

ここ最近は何が起こるかわからないので、マリーヌが起きるまで時間を稼いでおこうと思ったのだ。この判断ができるようになったあたり、私も成長したと思う。

「申し訳ありませんが、事情があってそれはできません。私がお手伝いしますので」

「え？」

しかし、メイドさんにはあっさり拒否されてしまった。ローズより厳しい。当たり前か。

「お着替えはできますか？　歩けますか？　必要であればお運びいたします」

「いえ、それは大丈夫です」

私は促されるままに立ち上がり、仮病がバレないようにゆっくりと服を着替え始めた。

『ちょっとマリーヌ、さっさと起きなさいよ』

そう呼びかけてみても返事はない。本当に間が悪い。

いや、私はなりすましを続けると決意したのだ。ま、私だって聖女歴は長いし、一人でも何とかなるだろう。ここが頑張りどころである。

そう覚悟を決め、私はメイドさんについていった……のだが。

「皆様、おはようございます」

にこやかに挨拶しながらも、すぐに異様な空気を感じ取る。

講堂では、フィルシオ様をはじめとした貴族たち、フロール軍の高官たちまでもが、私を待ち構えるように立っていた。なぜか第二聖女もそちら側におり、あのローズですら不安げな目を私に向けている。

「お待ちしておりました、第一聖女様」

フィルシオ様は深く礼をすると、遠慮しながらも私に尋ねた。

「どちらが本物の聖女様かを確かめるため、無礼を承知の上でお尋ねしたいことがあります。よろしいでしょうか？」

まずい、と思った。だがここで拒否するわけにもいかない。

……いやきっと大丈夫だ。いつも通り、聖女っぽい回答をしておけば何とかなるはず。

「謝る必要はありませんよ。皆様の置かれた状況は理解していますので」

「ありがとうございます。それでは失礼ながら……聖書の第一節を唱えていただけませんか」

「……聖書、ですか？」

「はい。聖女様でなくても、カタリア教徒なら誰もが知っているはずです」

明確な正解がある問いに戸惑う。そして焦る。

——これまでも、聖書の内容を求められたことは何度かある。だが、ローズがいれば困らなかったし、ローズがいないときならマリーヌが助けてくれた。今はそれがない。

そして……今の私には答えられない。考え込むようにして押し黙るしかない。

「フィルシオ様、聖女様に聖書の内容を問うのはさすがに失礼が過ぎるのではありませんか。あまりに初歩的な質問に憤《いきどお》り、閉口しておられます。そうですよね、第一聖女様？」

こういうときに助け船を出してくれるのはいつもローズだった。だが、饒舌《じょうぜつ》にそう進言したのはハルバーだ。

何か別の狙いを感じるが、ここは乗るしかない。

「……ええ、そういうことです」

「それでは私から、別の質問をさせていただきましょう。かつて我が国と帝国が結んでいた、穀物の流通に関する不平等条約の名前は何でしょうか？」

「……」

「これは先日の帝国との外交の場において、聖女様によって撤廃されたものです。もちろんこの条約名は聖女様自身がおっしゃっており、私もローズもしっかりと聞いておりました」

——わからない。

私はマリーヌの指示通りに話していただけ。覚えているわけがない。

どうごまかせばいいのかわからず、ただただ言いよどむ私に——ハルバーは口角を上げて言い放った。


「——助けがなければ答えられないようですね、偽聖女様」


「……っ！」

ハルバーの口調には確信がこもっていた。まるで、すべてを知っているかのように。

戸惑う私に対し、ハルバーは懐《ふところ》から新聞を取り出し、私の手元へと無造作に放り投げた。

「今朝、王都にて流通していた新聞です。要約して差し上げましょう」

私は受け取った新聞に目を走らせる。その新聞とは紛《まぎ》れもなく、フロール・ゴシップス。マリーヌの新聞だった。

そして見出しに並ぶのは——『偽者は第一聖女』の文字。

「第一聖女は偽者であり、第二聖女こそが本物である。偽者の第一聖女にはカタリア教や政治経済の素養が一切なく、交信魔術を通して支援する者がいた。しかし、その者が支援をやめたため、第一聖女はもはやどんな問いにも答えることはできない。……これが、新聞に書かれていることのすべてです」

紙面に目を通していくうちに、ハルバーの言葉が真実であることを脳が理解していく。私がアリシアであることこそ書いていないが、すべてマリーヌしか知らないはずの情報だ。

両手が震え、新聞がハラリと床に落ちた。

──なんで？　私を裏切った？　あの、マリーヌが？

「あっけないですね。このような結末を迎えるとは、私も予想していませんでした」

第二聖女がつまらなそうな声で言う。その瞳は今まで以上に冷ややかだった。

「弁明はありますか？　偽聖女様」

「……」

言葉なんて何も出てこなかった。頭の中でいろいろな感情がぐちゃぐちゃに巡る。

──どう弁解しよう。私の聖女生活が終わる。死刑になっちゃう。そんなの嫌だ。

──だけど、マリーヌがいなくなった今、私が聖女を続ける理由なんてもう……。

マリーヌならいざ知らず、こんな難しい状況で私が答えを出せるはずもなく。

「聖女様っ!!」

ようやく声を出したローズを置き去りにして、気づけば窓から外に飛び出していた。

＊

あの場にいたフロール軍人に追われるかと思ったが、意外にもそうはならなかった。誰も私の速さに追いつけないからか、仮に追いついても捕まえられないとわかっているからか。マリーヌの言った通りだなと改めて思う。

そんな考えで気を紛《まぎ》らせながら、私は森の中の道を歩く。静かな場所で一人になりたかった。

「ねえマリーヌ、ホントはまだ聞いてるんじゃないの？」

子供の頃のように石ころを蹴り、私はポツリとつぶやく。

「ホントあんたには驚かされてばっかりよ。まさか私を告発するなんて、さぞ新聞は売れたでしょうね。おかげであんたの狙い通り、私は無事に逃げ出せたわけだけど。これで満足？」

そうやっていつも通りに呼びかけてみても返事はない。思わず顔が歪む。

――私のことを散々振り回した挙句、自分は高みの見物を決め込んで。それだけでも酷いのに、最後には最悪の形で私を裏切ったマリーヌ。ここまでされたのにまだ呼びかけてしまうなんて、自分の未練がましさに呆れてしまう。

明日の新聞で面白いことが起こる、と昨日マリーヌは言っていた。蓋《ふた》を開けてみればこんな結末。どこが面白いのかは問い詰めたいところだが、一つだけ確かなのは、結局私はマリーヌのおもちゃに過ぎなかったということ。

なんだかんだマリーヌは絶対に裏切らない、そう信じていたのは私だけだったのだ。

「聖女様！」

その時、後ろから聞きなじんだ声に呼び止められた。ローズだ。

だが続く言葉はなく、ぜえぜえと肩で息をする音だけが聞こえる。限界まで力を振り絞り追ってきたのだろう。

振り切って逃げるほど薄情にはなれなかった。かといって、どんな顔を見せればいいかもわからない。

「……なぜ追ってきたのですか」

私は背中を向けたまま問いかけた。だが、答えなんて聞くまでもなくわかる。私を連れ戻して死刑にするためだ。

「どうしても、一つだけ確認したいことがあったのです」

「申し訳ないですが、私が本物かという話なら――」

「違います。聞いてください」

ローズは強い語調で私の言葉を遮《さえぎ》る。

「聖女様は……アリシア様なんですよね」

――呼吸が止まった。

だが、もうごまかす必要もない。どうせ何もかも終わっているのだ。澄まし顔も鈴を転がすような作り声も丁寧な言葉遣いも、何もかも馬鹿らしい。

「いつから気づいてたの？」

私はぶっきらぼうに答えながら、振り返ってローズと向き合う。聖女の演技はもうやめだ。そんな態度を取ったのに、なぜかローズは表情をほころばせていた。

「確信できたのはついさっきですが、もしかしたら、と思い始めたのは第二聖女が現れたあたりからです。あのタイミングで偽者が堂々と名乗り出てくるのは不自然でしたから。仮に聖女様が偽者だとしたら、あれだけの魔力を持つのはアリシア様以外に考えられません」

マリーヌと同じ思考回路に驚く。やっぱりローズは賢いのだ。

「でも、そうだったらいいなと思ってました！　アリシア様が生きていて本当に嬉しいです！」

「……そういえばあんた、私のファンだったわね」

「大好きです！　助けられたあの日から、アリシア様への感謝を忘れたことは一度も――」

「幻滅したでしょ？」

私は俯《うつむ》きながら、強い声で問いかけた。自分でもわかっているのだ。

軍での生活が嫌になって私利私欲のために聖女になりすました、どうしようもない人間。ローズが思い描く聖人像からはほど遠い。好かれていたならなおさら落胆が大きいだろう。

──と思ったのだが。

「そんなわけありません！　さすがはアリシア様です！」

「え？」

我ながららしくもないシリアスモードだったはずが、ローズは意にも介していない。なんで？

「本物の聖女がこの国のためにならないことまで、アリシア様にはお見通しだったんですね！　だからフロールを変えるために、聖女になりすましたんですよね！」

「いや、私は──」

「リスクを負ってまで召喚を妨害し、さらには民の心に寄り添い、聖女様の役割だけでなくアリシア様本来の仕事までこなしてしまうなんて！　アリシア様以外の誰にもできません！」

「ちょっと話を──」

「本物かどうかなんて関係ないです！　やっぱり聖女にふさわしいのはアリシア様です！」

止める間もなくまくし立てながら、ローズは私の方に歩いてくる。呆然としているうちにローズは目の前まで来て──私の手を掴んだ。

「だから……聖女に戻りませんか？」

「っ……！」

鈍感な私は、そこまで聞き届けてやっと気がついた。

ローズだって馬鹿じゃない、いや私なんかよりよっぽど賢い。私が未来を見通したなんて話に無理があることはわかっている。私がどれだけズルい人間かも、きっと理解している。

その上でこう言っているのだ。きっかけがどんなものであろうとすべてを受け入れる、今までの関係を続ける、と。

「……そんなこと言われても、もう戻れないわよ。さっきのでわかったでしょ、聖書とか政治とかの知識なんて全然ないし、それに……」

「サポートしてくれていた仲間に裏切られたんですよね？」

「……ええ」

認めるまでに時間がかかった。他人から言われてみると、胸が締めつけられるように痛んだ。

「アリシア様にそんな表情をさせるなんて、その方はアリシア様にとってすごく大切な人だったんですね。ふふっ、ちょっと妬《や》けちゃいます」

「……」

「でも大丈夫です。アリシア様に助けられたあの時から、私の心はアリシア様とともにあります。だから――その友人さんじゃなくて、私と協力しませんか」

「え？」

「私が交信魔術を通じてアリシア様をサポートします！」

予想だにしない提案に戸惑った。ローズは私の瞳をじっと覗き込んでいる。

「でも、そんなことをしてバレたらローズまで死刑に――」

「覚悟の上です。私には、アリシア様がいない世界なんて考えられませんから」

その言葉が嘘ではないと私にはわかった。私への信頼だけじゃない。民を想う心も、そのために身を捧げる強さも、ローズは持ち合わせている。

そして確かにローズなら、マリーヌの代わりをこなせるだろう。宗教や政治の素養もあるし、賢いし、きっと私のことも裏切らない。

——もう、マリーヌのことはいいんじゃないか。

心が揺らぎ、ローズの想いに応えそうになった——その時だった。


『あー、もしもし聖女様？　聞こえるかぁ？』


——突然聞こえてきた男の声に体が固まった。

その声はマリーヌと繋がっていたはずの交信魔術を通して聞こえてくる。魔術に手が加えられているのは明らかだった。

もちろんそんなこと、マリーヌに出来るはずがない。そしてこの声には聞き覚えがあった。

——二度も戦場で私と相まみえた帝国軍の男、あの金髪だ。

「アリシア様、どうされましたか？」

「ごめんちょっと静かにしてて！」

とっさにローズの手を振り払い、私は座り込んだ。ローズは心配そうな表情を見せたが、事情を察したのか黙って見守ってくれている。その気遣いがありがたかった。

『あんた誰!? マリーヌをどうしたの!?』

『話が早くて助かるね。せっかくだから声くらい聞かせてやる……までもねえか。どうせてめえに選択権はねえ』

『マリーヌには手を出さないで！』

ゴソゴソと音がするが、何が起こっているかはわからない。気がどうにかなりそうだった。

『この女は人質だ。助けたけりゃあ今から言う場所に一人で来い。来ても変な魔術は使うなよ、魔力を感じた瞬間にこいつをぶっ殺すからな』

『さっさと場所を言いなさい！』

『ははっ、そう焦るなって。聖の巌窟で待ってるぜ』

男はそう言い残し、一方的に交信魔術を切った。もうこちらから繋げる術《すべ》はない。

――心臓がバクバク鳴り、体が自分のものではないように震えた。戦場で追い詰められた時も、さっき私が偽者だと暴かれた時だって、こんなことにはならなかった。

「アリシア様、大丈夫ですか？」

ローズが心配そうに声をかけてくれるが、頭の中はマリーヌのことでいっぱいだった。なぜ私はマリーヌを疑ってしまったのだろう。いや、考えるのは後だ。

私は立ち上がり、顔を上げてローズを見る。無理矢理にでも自分を奮《ふる》い立たせた。

「……ありがとうローズ、でもごめん。やっぱりさっきの提案には応えられない」

「っ……」

ローズが寂しそうに目を伏せる。だけど許してほしい。

――私にはやっぱり、あいつがいないとだめみたいだから。

「でも、私はアリシア様の味方です！　何があったのですか？　私がお力になれることは――」

「ありがとう。気持ちだけ受け取らせて」

そう言って私はローズを抱きしめた。と同時に、強力な防御魔術をローズの周りに張る。こうすればローズはもう動けない。あくまで一時的なものだが、これで巻き込むこともないだろう。

「アリシア様！」

ローズを置き去りにして、私は聖の岩窟へと飛んだ。


――マリーヌ！

第四章 なりすまし聖女様の真実

Narisumashi SEIJOSAMA no JINSEI GYAKUTEN Keikaku

どうせならもっと馬鹿に生まれれば良かった、と思ったことは一度や二度じゃない。私――マリーヌは、幼い頃からこの国の仕組みを理解していた。

私は親に捨てられ、記憶もない時期から孤児院で育った。孤児院とは、教会や国が運営する、身寄りのない子供を保護して育てるための福祉施設――と言えば聞こえは良いが、善意だけで世界は回らない。

孤児院で育った人間は一定の年齢になると、それぞれの適性に合わせて農家なり商人なり軍なりに労働力として雇われ、そして酷使される。孤児にファミリーネームが与えられないのは、孤児だと判別できるようにするためである。

このように、孤児とそれ以外には歴然とした格差があるわけだが、この世界にはもう一つ格差が存在する。魔術師とそれ以外だ。

みんな大好きカタリア教によれば、多くの魔力を持つ人間は神の代理人であり、人々を導く使命があるのだという。大層な教えだが私から見れば、魔術師たちが人々を支配するための方便にしか思えなかった。孤児院では幼い頃からカタリア教の思想を刷り込まれるという事実があるのだからなおさらだ。

そんな世界に生まれた私は、魔力のない孤児であり、つまり何の希望もなかった。

当たり前の話である。魔力は遺伝するので、貴族はずっと貴族だし、親に捨てられるような子供が大した魔力を発現するわけがない。そんなのは突然変異の類《たぐい》だ。

自分の賢さは自覚していたので、頑張れば孤児院を継ぐ聖職者くらいにはなれるかもしれないと考えてお利口にしていたが、それすら虚《むな》しかった。私の限界はその程度だと理解していた。

もしかしたら自分にもすごい魔力が目覚めて……なんて夢物語はとっくに捨て去り、自分の人生を諦《あきら》めていた八歳の時。

――私はアリシアさんに出会った。


「今日から私たちと一緒に暮らすアリシアちゃんです。みんな仲良くしましょうね。ほら、アリシアちゃんもご挨拶《あいさつ》」

「……よろしくお願いします」

アリシア、と紹介された女の子はぺこりと頭を下げた。パッと見の第一印象は、暗くて引っ込み思案な女の子。もう少し笑えば可愛いだろうに。それくらいだった。

――その少女の名前は噂に聞いていた。孤児なのにすごい魔術を使えるらしい、誰もその子には逆らえないらしい、独自の魔術体系を構築したらしい、先生に大怪我を負わせたことがあるらしい、らしい、らしい、エトセトラ。

ただ、地域が離れていたこともあり、噂に尾ひれがついているのだと考えていた。

「じゃあ、アリシアちゃんのお友達になってくれる人はいるかな？」

先生は私たちにそう呼びかけるが、周りの子供たちは興味よりも恐怖が勝っているらしい。

ここは優等生としての株を上げるチャンス、そう判断して手を挙げた。予想した通り、先生の表情は華やいだ。

「マリーヌちゃん、アリシアちゃんをお願いね」

こうして私はアリシアさんの友人役を託された。となれば、みんなと仲良くさせるまでが私の仕事だ。

様子見も兼ね、まずは二人きりで話をしてみることにした。

「アリシアさんのこと、噂には聞いてるよ。すごい魔術が使えるんだってね！」

「……まあ」

「どんな魔術を使えるの？　見てみたいなあ」

まずは相手に興味を持ったふうを装《よそお》い、気分良く話してもらう。相手に気に入られるためのテクニックだ。

いくら引っ込み思案な人間でも、こうすれば心を開いてくれる。そう見込んでのことだったのだが。

「……見せてあげる」

――ブワアアアッッ！

次の瞬間、視界が赤く染まっていた。

何が起こったか理解するのに時間を要した。アリシアさんの背後から火柱が噴き上がっていたのだ。あまりの衝撃に何も言えなくなる。

――私の持つくだらない価値観がすべて燃やし尽くされた、そんな感覚だった。

「わかったでしょ、これ以上私に近づくのは――」

「すごいッス！　想像してた以上ッスよ！」

「え？」

やがて火が消えると、私は無意識に、アリシアさんに顔をグイッと近づけていた。優等生ぶった口調も忘れていた。アリシアさんはそれくらい、私の常識の埒外《らちがい》にいる人間だった。

「どうやってるんスか⁉　他にどんな魔術が使えるんスか⁉」

「ちょ、なんかキャラ違う、っていうか近……私のこと怖くないの？」

「怖い？　なんでッスか？」

「なんでって……今のでわかったでしょ？　私はマリーヌのこと、簡単に殺せるんだよ？」

アリシアさんはそう言って私から距離を取り、目を伏せた。何を言っているのだろう。

「いや、わけわかんないッスけど」

「え？」

「アリシアさんがアタシを殺す理由なんて何もないッス。現にさっきだって、アタシに火が当たらないようにしてたじゃないッスか」

「そう、だけど……」

「それより他の魔術ッスよ！　炎以外にも何か出せないんスか？」

「え、雷くらいなら……ほら」

「おおっ！　それじゃあ別のやつも見たいッス！」

「じゃあ……」

それから私はいろんな魔術を見せてもらった。雷が出たり、氷が生まれたり、あるいは空中に浮いたり。初めての魔術を見るたびに、ちっぽけな私の世界は塗り替えられていった。

「いやぁ、ホントにすごいッスね」

「……ありがと」

アリシアさんが魔術を出し尽くして一息ついても、私はそんな感想しか言えなかった。間違いなく、それまでの人生で一番楽しい時間だった。

私だってこんな魔術を使えたら……と妄想したところで、ふと疑問が浮かぶ。

「こういう魔術って何に使うんスか？　これだけいろいろできたら人生楽しそうッスよね」

「そんなこともないよ。魔術を使うとみんな怖がるから、人前で使うことはないし」

「え、こんなにすごいのにッスか？」

「魔術が上手《うま》いのは、ずっと一人で練習してたからだよ」

アリシアさんは寂しそうに目を伏せた。そしてその時、私はアリシアさんという人間を初めて理解できた気がした。

――魔術を使えない私でも、さっきの魔術がどれだけすごいかくらいはわかる。そこらの大人、いや軍人ですら敵《かな》わない。そんな力をこの少女は手にしていた。

そして同時に、一人の孤児が持つその力が周りにどう見られていたかも想像できた。

私だって、妬《ねた》みや恐れがまったくないと言えば嘘になる。きっとそんな感情を一身に受け続けてきたアリシアさんは、自分自身の力を憎んでしまっているのだ。

「ふーん……？」

そう理解して、私の口から出たのはそんな気の抜けた言葉だった。

それくらい――くだらないと思った。アリシアさんではなく、この世界が。

アリシアさんの力は、一人の孤児が持つにはあまりに強大だ。それは負の側面もあれば、正の側面だって間違いなくある。例えば、私が信じてきた常識を燃やし尽くしてくれたように。

だけどこの少女は優しいから、負の面ばかりに心が囚《とら》われ、誰にも嫌な思いをさせまいと力を抑え込んでいる。世界がそうさせているのだ。それはとても悲しいことだと思った。

なぜなら——アリシアさんはもしかしたら、そんな世界すら壊す力を持っているかもしれないというのに。たった一日で世界観を変えられてしまった私だからこそ強くそう思う。

そう考えると私が何をすべきかは明白で、続く言葉は自然と口から出ていた。

「……いいことを思いついたッス」

私はニヤリと笑い、そう言った。目を見開くアリシアさんの顔がやけに面白かった。


——あれから年月が経《た》ち、私たちは孤児院を巣立った。お互いに随分《ずいぶん》変わったと思う。

アリシアさんはフロール軍に入隊した。雑兵《ぞうひょう》としてこき使われるのではなく、魔術師としてのスカウト。孤児院からは異例の大出世だ。

私が無茶振りばかりしたせいなのか、度胸がつき、その頃にはすっかり図太い人間になってしまった。出会った頃の方が可愛げがあったのに、なんて言うとアリシアさんは怒るのだが、私は今の方がアリシアさんらしいと思う。

そしてかつては優等生だった私も、すっかり問題児となった。一人立ちする時には職を斡旋《あっせん》されないまま追放されたが、アリシアさんの力も借りて諸々《もろもろ》を整え、匿名《とくめい》新聞の発行で生計を立てられるようになった。

人生のルートは決められている、なんていうのは思い込みで、案外何とかなってしまうものである。もちろんそれに気づけたのはアリシアさんがいたからなのだが。

そして、二人ともそれぞれ生きていけるようになった今も。

──私はあの時の興奮を、思い描いた未来を、ずっと忘れられないでいる。

＊

目を開けた時には、私は薄暗い洞窟の地べたに座らされていた。埃《ほこり》っぽい臭《にお》いが鼻をつく中、音を立てないように周りを見回す。場所は聖《ひじり》の巌窟《げんくつ》だろうか。

落ち着いて今までの記憶をたどる。

いつも通り日が昇る前に起きて、昨夜に書き上げた特大スクープを携《たずさ》えて印刷所に行き、配達の手配をし、帰路について家の扉に手をかけ──そこからの記憶がない。

『アリシアさん、聞こえるッスか？』

ひとまず心の声を送ってみるが、返事はなかった。おそらくまだ眠っている時間なのだろう。

「起きたか。動くなよ、余計なことすんじゃねえぞ」

するとその時、後ろから声をかけられた。私の方に歩いてくる。

帝国の軍服を着た金髪の男、その顔には見覚えがあった。チェカロスト帝国軍第六部隊軍曹、ライデル・オリシスだ。

──何やらとんでもない状況だが、だからこそ何があったかは推察しやすい。いったんは自力で何とかしなければならないようだ。

「あんた誰ッスか？　見るからに頭悪そうッスね」

「うるせえ！　ぶっ殺してやってもいいんだぞ？」

とりあえず煽《あお》ってみると、ライデルは背後に火を噴き上げた。魔術師が人々を脅《おど》すときの常《じょう》套《とう》手段である。

だがライデルの言う通り、私を殺すことなんて魔術師にとっては赤子の手をひねるより易《やさ》しい。それをわざわざこうして攫《さら》ってきたのだから、私を殺すことは絶対にない。

というわけで煽り続行。

「図星ッスか？　その火柱も、魔術師はみんな馬鹿の一つ覚えみたいにやるッスよね。馬鹿だから仕方ないッスけど」

「うるせえな。薄汚《うすぎたね》え孤児が減らず口を叩くんじゃねえ」

「薄汚いのはあんたらのせいッス。うるせえしか言えないんスか？」

「うる……黙れ。ゴシップ記者ごときが偉そうにすんな。その口を塞《ふさ》いでやっても――」

「――ほどほどにしておきなさい」

ライデルが本格的に苛《いら》立《だ》ってきたところで、冷ややかな声が私たちの会話を断ち切った。

「本丸のご登場ッスか。案外早かったッスね」

狙い通り、そして予想通りの展開だった。現れたのは――第二聖女である。

私の前に立ち、冷めた目で見下ろしてくる第二聖女を、私はニヤリと笑いながら見上げた。

——こんな形で直接対決することになるとは。図らずも胸が高鳴った。

「で？　フロール王国の聖女様が薄汚い孤児に何の用ッスか？　娼婦にするならもっと可愛くて頭の悪い女がおすすめッスよ」

「……違います。貴方《あなた》をここに呼んだのは——」

「あー、別にそんな気張らなくてもいいッスよ。もう全部わかってるッスから、帝国のお姫様」

「……」

第二聖女の目つきが鋭くなる。

「チェカロスト帝国第四皇女、セレスティーナ・ヨルス。かつてはジャヌル王国王子の婚約者だったものの、記録上は二年前に不慮《ふりよ》の事故で死亡。その後に王子が第六皇女と婚約した際には暗殺説も流れたッス。ついでに言えば、言葉遣《づか》いもそんなんじゃなかったッスよね」

口を挟む隙《すき》も与えず、私は一気にまくし立てた。私に鋭い眼光を向け続けていた第二聖女、いやセレスティーナだったが、観念したようにため息をつく。

「……アナタ、ワタクシのことをどこまで調べ上げていますの？」

口調と表情が緩《ゆる》み、それまで放っていた威圧感が和《やわ》らぐ。アリシアさんほどではないにしても、こちらはこちらでキャラ作りのために無理をしていたのだろう。

「自然体でいいッスね。そっちの方が可愛いッスよ」

「お黙りなさい。なぜアナタのような人間がワタクシの正体に気づけたんですの？」

「ちょっと考えればわかるッスよ。昨日のアンタの行動、交渉だけで戦争を止めたって話題になってたッスけど、あの段階で戦争が回避されるなんてまずありえないッス。そりゃあ自作自演を考えるッスよ。帝国軍を動かせる人間に絞れたんで探しやすかったッスね」

　手札の使い方は決して悪くなかった。普通の人間なら、神託により帝国の侵攻を予言した流れも含めて「これが聖女様の力か」と考えるのだろう。

　あいにく私は神にありがたみなど微塵《みじん》も感じていないので、聖女様の力なんてものには元から懐疑的だったわけだが。

　続いて、私は慎重に言葉を選ぶ。

「我が国が誇る聖女様を邪魔しようだなんて、不敬にもほどがあるッス。帝国の手下にフロールは渡さないッスよ」

「……どの口が言うんですの。今更とぼける必要はないですわ」

「心外ッスねぇ。確かにアタシは聖女を新聞のネタにしてるッスけど、それは大衆が求めるからであって――」

「違いますわ。アナタは第一聖女の正体を知っているのでしょう」

「へぇ。ま、そうッスよね」

一度はとぼけてみたが、やはりそこまで見抜かれていたか。よく調べている。

私が孤児であることも知っていたし、過去の経歴からたどったのだろう。私とアリシアさんは聖女召喚の儀以降一度も会っていないので、それしかない。

とはいえアリシアさんの過去を調べれば、私の存在は真っ先に出てくる。不思議な話ではなかった。

――なかなか楽しくなってきたじゃないか。

「アナタ、なぜそんなに楽しそうなんですの？」

「バレたッスか？　そりゃあそうもなるッスよ。こんなに面白いことがまだあったなんて、この世界も捨てたもんじゃないッス。だって――こんなのが本物の聖女様なんスから！」

セレスティーナの眉に力が入った。私は確信をもって彼女に言い放つ。

「聖女召喚の儀それ自体、帝国がフロールを安定して支配するための茶番であり、聖女は帝国の傀儡《かいらい》。そうッスよね？」

「……」

その沈黙が示すのは肯定《こうてい》だろう。思わず口元がニヤけた。

――帝国は聖女と称し、帝国の人間を送り込む。帝国には技術があるので、聖女が先進技術を使って信頼を得るのは容易《たやす》い。フロールの人々は喜んで聖女に従い、帝国は意のままにフロールを操ることができる。武力による統治なんかよりもよっぽど楽で安全で安上がりだ。

そう考えると今までのことにもいろいろと合点《がてん》がいく。アリシアさんが普通の召喚魔術だと感じたのは、本当に普通の召喚魔術だったので当たり前。召喚直後に帝国との外交の場が設けられているのは、帝国側が聖女を使って思い通りに事を運ばせるためだろう。

そして、アリシアさんが狙われたこともそうだ。

「だからアリシアさんが邪魔だったんスよね。聖女召喚の儀の前に戦争を仕掛けて帝国軍に引き入れようとしたのは、フロールで絶大な人気を誇るアリシアさんの存在を取り除き、聖女の重要性を際立《きわだ》たせるため。殺そうとしたのはやりすぎだと思うッスけど、悪くない判断ッスね。まさかアリシアさんが生き延びて、しかも聖女になりすますなんて思わないッスから」

まあ、絶大な人気を誇ったのは私のおかげなのだが。

「この世界はだいたい魔術師に都合良く作られてるッスけど、国家関係までこんなカラクリで動いてるとは思わなかったッス。調べてて楽しかったッスよ」

「……アナタ、ゴシップ記者にしておくにはもったいないですわね」

「心外ッスねぇ。アタシの新聞は面白いッスよ？」

「アナタと話していると疲れますわ。さっさと本題に入りましょう」

くだらない会話も私は楽しかったのだが、お姫様のお気には召さなかったらしい。仰《おお》せのままに本題へと移ることにしよう。私は先んじて口を開く。

「じゃあ聞くッスけど、これからどうするつもりなんスか？　アタシを捕まえたってことは、もう知ってるんスよね。真実はすでに出回ったッスよ」

私はセレスティーナの目を見て、試すように尋《たず》ねた。

――そう、これまで話した内容こそが今朝配られた号外のすべて。第二聖女の正体がセレスティーナ・ヨルスであるという説を発表したのだ。

情報を小出しにして楽しませるつもりだったので、その根拠や帝国の傀儡といった情報はまだ隠していたが、話題になるには十分だろう。

すでに新聞は世間に出回っているはず。そしてそれにいち早く気づいた誰かが、私を捕らえてここに連れてきたわけだ。

「アタシに何を要求するんスか？　告発内容の撤回ッスか？　それとも第一聖女がアリシアさんだと暴露する記事ッスか？」

新たな記事作成の要求。セレスティーナたちが私を攫った理由、つまり本題はこれだろう。

フロール・ゴシップスによって流布《るふ》されたなら、同じ方法で打ち消してしまえばいいという考え。そもそも、私にできてこいつらにできないことなんてこれくらいしかない。

そして実際、私にはセレスティーナらに逆らうだけの力はないので、何か要求されたら従わざるを得ないだろう。これだから魔術師はズルい。

とはいえ、もはや手遅れだろうが。

「ま、今更どうにかなると思ってるなら何でも協力してあげるッスよ」

「……この状況下でよくそんな態度が取れますわね。その度胸、褒《ほ》めて差し上げますわ」

「そりゃ光栄ッス。絶対逃げられないことはわかってるッスからね、あいにく魔術なんて使えないッスから」

怪訝《けげん》に眉をひそめるセレスティーナに、私はヘラヘラと答える。私の力では逃げられない、そう考えていることは事実だった。

だが――この状況を打開することを完全に諦めているわけでも、決してなかった。

セレスティーナはまだ一つ気づいていないことがある。それは、私がアリシアさんと交信魔術で繋がっているということだ。

ここまで私は、この交信魔術の存在を悟られないよう慎重に言葉を選んできた。私には魔力がないことも伝わっているし、魔術で繋がっているとは思わないだろう。

今私がやるべきは、ただ時間を稼ぐこと。そうしてアリシアさんが起きるのを待ち、こっそり連絡して助けに来てもらえば、後はどうとでもなる。私たちの勝ちだ。

――と、頭を整理していたのだが。

「ふ、ふふ、うふふふふふふ」

「……？」

突然、セレスティーナは手で口を押さえて笑いだした。仕草は上品に、しかし自制が効かないといった様子だ。その意味するところがまったく読み取れない。

ひとしきり笑った後、セレスティーナは目尻をぬぐって言う。

「失礼、我慢できませんでした。アナタの姿があまりに滑稽《こっけい》だったもので」

「……どういう意味ッスか？」

「少し意地悪が過ぎましたわね。見せてあげなさい、ライデル」

「はっ」

ライデルはポケットからくしゃくしゃになった紙を取り出し、私の前に広げて置いた。紙面に躍《おど》る文字が目に入ってくる。

「……何スかこれ」

そう口に出すのが精一杯だった。そこにあったのは、偽物のフロール・ゴシップスだ。協力者の存在を示唆《しさ》し、アリシアさんこそが偽者だと告発する内容。もちろん私が書いたものではない。

——ありえない。確かに私は正しい原稿を渡したはずなのに。

「ライデルに原稿をすり替えさせましたわ。偽物だとは気づけなかったようですわね」

「……これも魔術ッスか？」

「はっ、てめえを騙《だま》すくらい造作《ぞうさ》もねえよ。ついでに言えば、てめえと第一聖女の交信魔術を解除したのも俺だぜ」

「——っ！」

「小賢《こざか》しい真似しやがって。てめえごときが姫様をどうにかできると思ってたのか？　思い上がるなよ田舎もんが」

ライデルは勝ち誇った顔を浮かべる。今度はこちらが黙らされる番だった。

――認識が甘かった。原稿をすり替えるとか、他人の交信魔術を解除するとか、魔術師にはそんなこともできるのか。……これだから魔術師は。

「しかしアナタ、頭の回転は悪くないようですわね。忠誠を誓うのならば、ワタクシのもとで働かせてあげてもいいですわよ？」

「……偉そうに。アタシがアリシアさん以外に協力するなんてありえないッス」

「それは残念ですわね。ちなみに、アナタが気を失ってからすでに数時間が経過し、その間にアリシアは宮殿を追われましたわよ。アナタの助けがなくて簡単な問いにも答えられず、絶望した表情で逃げていく姿。この上なく無様でしたわ」

「……」

――考え得る限り最悪の状況だった。自分の不甲斐なさに歯噛みする。

アリシアさんは私に裏切られたと思ったことだろう。そんな時に自分が本物の聖女だと開き直れるほど、アリシアさんは図太くない。死罪を受け入れずに逃げてくれただけでも幸いだったと思う。

私たちの完全敗北。――すべて私のせいだ。

「……なら、アタシを攫った目的は何なんスか？」

私は思考を止めないために尋《たず》ねた。黙っているとおかしくなりそうだった。

「アリシアさんが逃げ出して、アンタは本物だと認められて、全部アンタの思い通りじゃないッスか。わざわざアタシを殺さずにこんなところまで連れてきて、何がしたいんスか」

「愚問ですわね。アナタは人質に決まっていますわ。アリシアをおびき寄せ……殺すためのね」

「──っ！」

「聖女召喚の儀を妨害した者は死刑。当たり前のことでしょう？」

「……アンタだって偽者じゃないッスか」

「関係ないですわ。ワタクシの邪魔をして、ただで済むと思わないことですわね」

自分の思い通りになると信じて疑わない様子だった。だから貴族は嫌いなのだ。

「アリシアさんをここに呼ぶ気ッスか？　アンタら二人とも燃やし尽くされて終わりッスよ？」

「そうなれば真っ先に焼け死ぬのはアナタでしょう。だいたい、ワタクシの魔力を見くびらないでほしいですわね」

セレスティーナは自信に満ちた声で言う。どちらが強いかなんて私にはさっぱりわからないが、そうなのかもしれない。

魔力は遺伝する。帝国の血を色濃く受け継ぐセレスティーナは、それこそ世界有数の魔術師なのだろう。

──反吐《へど》が出るような世界だ。

「さて、そろそろ頃合いですわね。ライデル」

「はっ。てめえは黙っとけ、しゃべったら殺す。……あー、もしもし聖女様？　聞こえるかぁ？」

私はそう脅され、直後にライデルはアリシアさんと話し始めた。

私は黙って聞いていることしかできない。ここで抵抗しても無駄だ。

「……そう焦《あせ》るなって。聖の巌窟で待ってるぜ」

「ご苦労ですわ。その女を押さえておきなさい」

「はっ！」

ライデルが会話を終え、セレスティーナの指示に従い私の首根っこを掴んだ。アリシアさんが不審な動きをすればすぐに殺す、そういう構えなのだろう。

それでも、アリシアさんならきっと何とかしてくれる。そう信じて思案を巡らせる。今の私にできることは……いや、私にできることなんて何も……。

そうして絶望のままに思考を放棄しかけた──そんな時だった。

「聖女様？」

入り口から男の声が響き、全員が一斉にそちらを見る。

洞窟に入ってきたのは——ハルバーだった。

「いったい何をしておられるのですか？」

険《けわ》しい顔で尋ねるハルバーに、セレスティーナとライデルの動きが固まる。ハルバーはグルの可能性もなくはないと考えていたが、違ったらしい。

——これが最後のチャンス、そう直感した。

「こいつは第四皇女セレスティーナ！　歴代の儀式はすべて帝国に仕組まれて……むぐっ」

「てめえ！」

すぐさまライデルに口を塞《ふさ》がれた。

セレスティーナは焦《あせ》ったように、しかし聖女キャラを取り繕《つくろ》いながら弁解する。

「彼女の戯言《たわごと》に耳を貸してはなりません。彼女こそ第一聖女に手を貸していた共犯者です」

「では、そこにいる帝国軍の男は？」

「……」

「聖女様は第一聖女を捕らえると言って宮殿を飛び出されました。私はなんとか聖女様を追いかけてきたわけですが、やってきてみれば、帝国の軍人とともに女性を手荒に扱っている。この状況をどう捉《とら》えればよろしいでしょうか。そして……あなたは本物の聖女なのですか？」

状況を整理しながらハルバーがセレスティーナに問う。その目に浮かぶのは、アリシアさんを見ていたときと同じ、疑いの色。

さあ、どう転ぶか。私はセレスティーナの言葉に注目する。

「私こそが本物の聖女であり、この国をより良い方向に導く者です」

セレスティーナは第二聖女の顔を完全に取り戻した。いつもの鋭い目をハルバーに向ける。

「この光景を見せられては、その言葉を信じるのは難しいでしょう。第一聖女こそが本物なのではないですか？」

「ああ、あちらは完全に偽者ですよ。中身はアリシアです」

「え……あ、アリシア？」

「とはいえ、そこの犯罪者が言ったことも事実ではありますが」

「……っ！　ということは、どちらも偽者――」

「いいえ、私こそが本物の聖女です」

もうごまかすのは無理だと判断したのだろう。混乱するハルバーを相手に、セレスティーナは完全に開き直った。

「確かに、歴代の聖女はすべて帝国が派遣した者であり、その点で伝承とは異なります。それでは問いますが、過去の聖女はフロールに何をもたらしましたか？　帝国の傀儡となったことにより破滅の道を進んだのでしょうか？」

「栄光ですよね。そしてそれは当然のことです。帝国で培《つちか》われた最新の技術や制度を導入しているのですから。聖女は帝国の都合でも動きますが、決してフロールをないがしろにしてはいません。フロールが栄えることは帝国にとっても益があります」

軍人を召喚する魔石の導入、物品を流通させるための転移魔法陣。セレスティーナの功績を振り返れば、その言葉には説得力があった。

「第一聖女が聖女を続ければ、帝国と敵対し、戦争によって属国化する未来すらもあり得ます。しかし私が聖女になれば、この国の安全と確かな発展が約束されます。どちらが聖女にふさわしいかは明らかでしょう」

すべてを曝《さら》け出した上でハルバーを言いくるめにかかる。その頭の回転の速さはさすがのもので、聖女役として選ばれただけはあると思った。

「……だから、フロールは帝国の言いなりになれということですか」

「強者が弱者を統《す》べるのは当然です。貴方《あなた》たち貴族が平民を支配するのと何が異なるのでしょうか。むやみに抗《あらが》っては身を滅ぼしますよ」

「それは……」

ハルバーは黙り込む。考えが追いついていないように見えた。

「頭を整理する時間を与えましょう。そしてそこの犯罪者、貴方もわかったはずです。貴方たちのしてきたことがいかに愚かだったか」

セレスティーナは私の方を向いた。まだ私に構ってくれるらしい。

「私が聖女に収まる方が国のためになる。貴方もそう思いませんか？」

ＹＥＳと言わせるための問い。私を屈服させ、ハルバーに決断を促すつもりか。

だが、セレスティーナが期待する答えなど返すはずもない。私の口を塞いでいたライデルが手をどけた瞬間、私は吐き捨てた。

「そんなのアタシにとってはどうでもいいッスよ」

「……はあ」

「フロールのためなんて思ってたら、アリシアさんを聖女にさせるわけないッス。この国がどうなろうと知ったこっちゃないッスよ」

セレスティーナだけでなく、ハルバーまでもが眉をひそめる。

――この空間で孤児は私だけ。そう自覚すると、口が止まらなかった。

「アタシが今までこの国でどんな扱いを受けてきたか知ってるッスか？　お姫様や貴族様が知るはずないッスよね。どうせアタシたちのことなんて気にもしてないんスから」

「……そういえば貴方には、このなりすましを仕組んだ動機を聞いていませんでしたね。アリシアはともかくとして、貴方にはリスクに見合うだけの得があると思えませんでしたが……貴方はこの国を混乱させたかったのですか？」

「アリシアさんが聖女になったら面白そうじゃないッスか、それだけッスよ。ついでに言えば新聞のネタにもなるッスね。アタシはこの国が嫌いなんで、国がどうなるかなんて知ったこっちゃないッス」

「なるほど。私が言うのもおかしいですが、驚くほどに身勝手ですね。やはり貴方やアリシアに国を任せられるはずが――」

「その言い方はないッスよ。アリシアさんは違うッス」

「……はあ？」

私とアリシアさんは共犯者だが、考え方はまったく違う。一緒くたにされて腹が立った。

「アリシアさんもアタシと同じ境遇で育ったんスよ。いや、魔力がある分、もっと差別を感じてたはずッス。軍での扱いは二人ともよく知ってるんじゃないッスか」

「……」

「でも、アタシに言わせれば理解できないッスね。軍でもアリシアさんに勝てる人はいないんスから、有無《うむ》を言わせず従わせることもできたはずッス。でもそうしない。アリシアさんは昔から優しすぎるんスよ」

アリシアさんに出会った日を思い出す。私はアリシアさんの力に圧倒された。そして不思議に思った。

他の子供や先生がなんと言おうと、アリシアさんにはそれを簡単に黙らせられる力がある。

それなら、思い通り好き勝手に生きればいいのに、そう思った。実際私は、アリシアさんと出会ってから好き勝手生きるようになったのだし。

だがアリシアさんはそうしてこなかった。いや、少し違うかもしれない。周りのみんなが穏やかに暮らせることを第一に考えるからこそ、力を使わないという選択をしていたのだ。

私たちが出会い、私がアリシアさんのことを振り回し始めてからも、アリシアさんのその信念は変わらなかった。

「アリシアさんを聖女にした時も、どうにでもなれと思ったッス。肩書きを得て、自分の力を自覚して、自分勝手に国を動かし始める、それで良かったッス。それなのに……実際はどうッスか。国のために、人々のために、なんだかんだずっとそんなことを考えてるんス」

散々嫌な思いをしてきたのだから、ハルバーに仕返しするなり、酒池肉林《しゅちにくりん》を味わい尽くすなり、何だってできたはずだ。

だが、口ではああだこうだ言いつつも、アリシアさんの本質はずっと変わっていなかった。

「アリシアさんは力を持っていて、優しくて、孤児という出自を捨てれば聖女として慕《した》われるような人間ッス。そんなアリシアさんが自然体では楽しく生きられないなんて――世界の方が間違ってるんスよ」

気づけば熱弁を振るっていた。誰にも吐き出したことはなかった。

振り返ってみれば、私の想いはアリシアさんと出会った日から変わっていない。

――アリシアさんが幸せに笑っている、そんな世界が見たいのだ。

「この世界を変えられないなら、アンタなんかに聖女の資格はないッス」

言い切った。言い切ってやった。我ながら合理性の欠片《かけら》もない発言だが、清々《すがすが》しかった。

気圧《けお》された面もあるだろう。セレスティーナは私の言葉を静かに聞いていた。しかしやがて、鋭い目で私を睨《にら》む。

「……どうして私が否定されなければならないのですか」

その言葉には怒りが滲《にじ》み出ていた。普段とはまた違う威圧感があった。

「私だって、望んで聖女になったわけではありません」

「へぇ、志願したんじゃないんスね」

「まさか。こんな後進国の聖女なんて誰がやりたがるでしょう。過去の自分を捨て、別の人間として生きるのですよ。聖女と言えば立派に聞こえますが、生活水準は大きく下がります」

心底嫌そうに言うセレスティーナ。ハルバーは険しい顔を浮かべているが、帝国から見たフロールなんてそんな認識だろう。

「本来は皇女の仕事ではなく、もっと位《くらい》の低い人間が務める予定でした。しかしその家が台頭し、代わってヨルス家が没落したため、私にお鉢が回ってきたのです。……事故死を偽装して、何年も隠れるように生きて。そんなことするくらいなら攻め込んで属国にしてしまえばいいと主張しましたが、私一人の苦労で済むならその方がいいと耳を貸してもらえませんでした」

拳を固く握りしめ、俯《うつむ》きがちに過去を語る。その様子を見ればわかった。

――きっと、彼女もこの世界の被害者なのだ。生まれた時から身分制度に囚われ、聖女というシステムに人生を狂わされた人間。

「だからこそ、私はアリシアが気に入らない。私は聖女という役割を受け入れ、せめてフロールでの生活を良いものにしようと前向きに考えていました。しかし彼女が聖女になりすました。その結果、最低限の私の居場所すら奪われたのです」

セレスティーナは目に憎しみを灯《とも》したままハルバーを見る。

「ハルバーよ、私にはわかりますよ。貴方もアリシアのことが気に入らなかったのでしょう。孤児にもかかわらず一流魔術師に相当する力を持ち、フロール軍最強の座を脅《おびや》かすアリシアが」

「それは……」

図星だろう。ハルバーは特にアリシアさんへの当たりが強かったと聞いている。

そして、セレスティーナは私に体を向けた。今まで最も冷淡な目をしていた。

「負け犬の遠吠《とおぼ》えと聞き流していましたが、貴方の侮辱《ぶじょく》は一線を越えました」

「……っ！」

「死になさい」

セレスティーナが私に向かって右手を差し向けた。

おそらくは、魔術を放つための予備動作。しかし私は魔力なんて察知できない。そのはずなのに、初めて向けられた殺意に――死ぬ、本能でそう直感した。

私は思わず目をつむり……。


「やめなさい！」


――アリシアさんの声に目を見開いた。

しかしその瞬間、ライデルに後ろから首を絞められ、口を塞がれる。セレスティーナはアリシアさんの方に向き直った。

「魔力を使ってはなりません」

「だから使ってないでしょ……って、第二聖女？　ハルバーも？」

アリシアさんがゆっくりと入り口から歩いてきて、同じく入り口の方にいたハルバーに並ぶ。

ハルバーは眉をひそめながらアリシアさんに問いかけた。

「お前は本当にアリシアなのか？」

「あー……まあ、そうよ。全然気づいてなくて面白かったわ」

「おい、なんだその口の利《き》き方は」

「もう私はあんたの部下じゃないし。好きにやらせてもらうから」

元上司にあんな態度を取るとは。聖女の経験を通して、アリシアさんはより一層肝《きも》が太くなってしまったのかもしれない。

だが私はそんなやりとりを見ながら、状況の悪化を悟っていた。

――アリシアさんは魔術に関しては馬鹿じゃない。魔力を使ったら私を殺すという脅しがあったとはいえ、それをかいくぐって私を助ける方法があるならそうしていたはず。セレスティーナとライデルはそれを許さないほどに強いのか。

何にしろ、こうなってしまってはセレスティーナの手のひらの上だ。

「言われた通りに来たわよ。さっさとマリーヌを解放しなさい」

アリシアさんの要求に、セレスティーナは肩をすくめた。

「随分な言い草ですね。理解しているでしょうが、本来ならば二人まとめて死刑ですよ」

「お待ちください、それについてはまだ――」

「貴方は黙っていなさい」

「……」

ハルバーが黙らされる。この場の主導権はセレスティーナが握っている。

「待ちなさい。私はともかく、そこにいるマリーヌは無実だわ」

「無実？　いったいなぜです？」

「私が脅して無理矢理協力させたのよ。交信魔術でサポートさせたことも、新聞で国民からの支持を私に集めさせたこともね。すべての罪は私にあるわ」

「……そうですか」

ない知恵を絞って考えたのだろう、アリシアさんは私を庇《かば》う。真実は真逆なのに。

しかし、そんな小手先の言葉に騙《だま》されるセレスティーナではない。淡々と言葉を紡《つむ》ぐ。

「安心してください。彼女とは先ほど少しお話ししましたが、彼女の頭脳は優秀ですし、あの新聞も使い勝手が良い。生かしてあげるつもりですよ。ただし条件があります」

「……条件って？」

「貴方の死刑を今ここで執行する、それが条件です」

セレスティーナの声はこれまで以上に冷たく響いた。気温が下がったようにすら感じる。

——こんな条件馬鹿げている。セレスティーナだって偽者なのだ。

アリシアさんはまだ何も知らない。セレスティーナが帝国の皇女であることも、それを知った私が無事に解放されるはずなどないことも。

だが、私を人質に取られている時点で選択肢がない。

「本当にマリーヌは助かるのね？」

「約束しましょう。私とて、優秀な人間を失うことは本意ではありません」

「……わかったわ」

アリシアさんは動揺することもなく、あっさりと条件を受け入れた。受け入れてしまった。

真っ先に私を庇ったのを見ても、こうなることは予想していたのだろう。ここに来るまでに覚悟を決めていた、そう映った。

——そんなことになっていいはずがない。私は必死に首を横に振る。

「んー！　んー！」

「うるせえ暴れんな」

私を拘束するライデルの力が強まる。息苦しさで体に力が入らない。

——第二聖女は偽者だった。だから聖女にふさわしいのはアリシアさんだ。セレスティーナが約束を守る保証もない。従ってはだめだ。死んじゃだめだ。

伝えるべきことはたくさんあるのに、私には何もできない。

「そしてハルバーよ、貴方が刑を執行しなさい」

「私が、ですか？」

「そろそろ考えもまとまったでしょう。アリシアの体を貫《つらぬ》きなさい。それができたならば、これからも私の補佐は貴方に任せましょう」

「……承知いたしました」

ハルバーは少し迷うそぶりを見せたが、最後には険しい顔でうなずいた。今のセレスティーナにはハルバーも逆らえない。一縷《いちる》の望みが絶たれる。

——私が捕まっていなければ。私に力があれば。こんなことにはならなかったのに。これほどまでに自分の無力さを呪ったことはない。

「アリシアよ、その潔《いさぎよ》さは美徳です。遺言くらいは聞いてあげましょう」

「……遺言ねぇ」

アリシアさんは迷うことなく私を見た。私に向けての言葉だ。

いつものふてぶてしい表情とも、昔の弱々しい表情とも違う、穏やかな微笑を浮かべていた。

まるで本物の聖女のように。

「マリーヌ、今までありがとね。あんたと出会えたおかげで毎日楽しかったわ」

──違う。礼を言わなきゃいけないのは私の方だ。アリシアさんと出会っていなければ、私の人生なんて灰色一色だった。あの日から私の人生は輝き始めたのだ。

「あんたはすごいわよね。頭は良いし、誰も思いつかないことを思いつくし、面白い新聞だって作れるし。あんたなら私がいなくてもやっていけるわ」

──違う。アリシアさんがいなければ、私なんて何にもできない。本当にすごいのはアリシアさんだ。だから本当に生き残るべきなのは……。

「じゃあね、マリーヌ。あたしの分まで幸せに生きなさいよ」

──こんな時まで他人の幸せを願うなんて、アリシアさんは優しすぎる。だけど、アリシアさんのいない世界に意味なんてない。

どちらが生き残るべきかなんてわかりきっている。今すぐ攻勢に出て、私ごと燃やし尽くしてほしい。文句を言うわけがないのに。

そんな私の想いが伝わることはない。アリシアさんは私から目をそらし、ハルバーを見た。

「……もういいのか？　この場にいない人間への遺言なら承《うけたまわ》るが」

「そんな相手いないわよ。防御魔術は取り払ってるから、ひと思いにお願い。マリーヌのことはよろしくね」

「ああ、わかった」

ハルバーがアリシアさんの後ろに回り、背中に手を当てた。アリシアさんは安らかな表情で目を閉じる。

ちょっと待ってほしい。私はまだ覚悟ができていない。できるはずがない。

そんな心の叫びも虚《むな》しく、次の瞬間。


——鮮血が宙に舞った。


「あ……」

ハルバーの放った魔術が胸を貫き、アリシアさんの細い体はあっさりと地面に崩れ落ちた。

あまりにあっけない、現実味のない光景だった。

「……やりましたわ。ワタクシの勝ちですわ！」

セレスティーナはそうつぶやきながら、勝ち誇ったような、下劣な笑みを浮かべていた。

——あのアリシアさんが、こんなやつに。

「アリシアさん!!」

ライデルの拘束が緩み、私は暴れるように駆け出した。

——視界が滲む。心臓の音がうるさい。思いっきり走っているはずが、足に力が入らない。

「あっ……」

凄惨《せいさん》な遺体を目の前にして、私はつまずいてしまう。体が投げ出される。すべてがどうでも良くなって、受け身を取る気にもならなかった。

このまま地面に体を打ちつける、そう覚悟した瞬間——誰かの体に受け止められた。

「……え?」

「何やってんのよあんた、どんくさいわね」

顔を上げなくてもわかる。私を受け止めたのは——。

「アリシア、さん……?」

*

私はマリーヌを受け止めた。同時に防御魔術を展開しながら第二聖女の動向を確認するが、すぐに攻撃してくる様子はない。ひとまず安心だ。

マリーヌは顔を上げてくれない。図らずも抱きつかれるような形になったとはいえ、マリーヌが私の背中に腕を回して力強く抱きしめているのは……たぶん無意識だろう。

「最初から全部わかってたッスよ？」

マリーヌが私の胸の中でモゾモゾと口を動かす。

「死体偽装の魔術ッスよね。あの状態でアタシを助けるのは不可能。だからアリシアさんが死んだと思わせて、相手が油断したところでアタシを助ける。そういう算段ッスよね？」

「そうよ。解説ご苦労様」

「いあやぁ騙されたふりも疲れるッスねぇ」

そう言いながらマリーヌは顔を上げず、ずっと私の胸に顔を埋《うず》めている。

マリーヌの言葉の真偽なんて震える涙声でわかるが、今は指摘しないでおこう。また一週間くらい口を利いてくれなくなる。

――作戦はマリーヌの言う通り。だがこの作戦には一つ穴があった。この作戦が上手くいったのは……。

「あんたもありがとね、ハルバー」

「……何のことだ」

「これが本物の私じゃないことくらい気づいてたでしょ？　……うわぁ、こう見ると我ながら

気持ち悪いわね。燃やしとこ」

私は偽装された死体を指さし、そして炎で覆《おお》った。見た目はリアルでも中身はスカスカだから一秒で灰になる。

——ここは賭けだった。ハルバーほどの魔術師が近づけば異常に気づく、そうわかっていた。

「俺は国のためになる方を選んだだけだ。感謝される筋合いはない」

「はいはい。で、これどういう状況？　第二聖女ご乱心？」

「俺も混乱しているが、あちらも偽者の聖女らしい」

「えー……」

「帝国軍を動かせる人物だ。敵であることは間違いない」

「帝国軍？　あ、金髪！」

マリーヌしか見てなくて全然気づかなかったが、よく見ればマリーヌを取り押さえていたのはいつかの金髪である。こんなんだからマリーヌに馬鹿と言われるのだろう。

ハルバーからはもっと話を聞きたいところだったが……。

「——もういいですわ」

そうはいかないようだった。第二聖女が怒りに満ちた表情で私たちを見ている。その目には光が灯っていなかった。

「どいつもこいつも、なぜワタクシの思い通りにならないんですの？」

「あんた、しゃべり方そんな感じだったの？」

「お黙りなさい！　……最初からこうすれば良かったんですわ。ライデル」

「はっ！　お前たち出てこい！」

「なっ……！」

金髪が前に出ると、その号令に合わせ、私たちの周りに帝国の軍人たちが出現した。

その数およそ百。ハルバーはわかりやすく動揺する。

「お待ちください聖女様！　話し合いましょう！　私たちはまだ――」

「お黙りなさい！　アナタたちの意見など聞いていませんわ！」

「あーあ、ああなったらもう説得は無理ね」

「……君はなぜそんなに冷静なんだ」

ハルバーは怪訝そうに聞いてくるが、答えはかつて同じことを経験したから。あの時と同じメンバーならどうにでもなる。

「ワタクシに逆らったことを死んで後悔すればいいですわ。焼き尽くしなさい！」

「「はっ！」」

第二聖女が命令し、魔術師たちが一斉に炎の壁を作り出した。あの時とまったく同じだ。

そして、迫り来る業火《ごうか》が私たちを包み――次の瞬間、消え去った。

「……は？」

素《す》っ頓狂《とんきょう》な声が洞窟に響いた。第二聖女はこの状況を理解できていないようだ。

——周りにいた軍人たちはすべて倒れていた。全員ピクリとも動かない。

「アナタ、いったい何をしたんですの……？」

「これはあんたも悪いわ。今みたいな命令、ハルバーならしないわよ。そうよね？」

「ああ。これほど換気の悪い場所で一気に火を起こせば酸素が欠乏する。炎は消え、術者にも危険が及ぶ。焼き尽くせ、という命令は不適切だった」

ハルバーは淡々と説明する。己《おのれ》の失態に気づいた第二聖女の顔が歪《ゆが》んでいく。

「とはいえ、すぐに全員が気絶するほどではない。これは君が狙ったものでもあるだろう？」

「へぇ、わかるんだ」

「あまりナメてもらっては困る。敵を囲むように防御魔術を展開し、空気の流れをさらに制限したわけだな」

私はうなずいた。こういうささやかな工夫を見抜かれるのは嬉しい。

さすがはフロール軍のトップ、ちょっと見直した。

「ま、私もあの後考えたのよ。もしまた同じ状況になったとして、どうすれば安全に切り抜けられるかって。こうやって魔術は進化していくのよね」

私があっさりそう言うと、第二聖女は怒りに顔を赤く染めた。自《みずか》らを奮《ふる》い立たせるように、こちらへと手を向ける。魔力の高まりを感じた。

「こうなったらワタクシがこの手で殺して――」

「全然だめね」

「……は？」

第二聖女様渾身《こんしん》の雷魔術を、私は片手で振り払う。第二聖女の攻撃は本当にその程度だった。

「こ、こんなのおかしいですわ！　魔力ならワタクシの方が――」

「あんた、戦ったことないでしょ」

「……っ！」

図星だったのか、第二聖女は唇を噛む。

――私にとっては当たり前のことだが、綺麗な魔術と戦うための魔術は違う。魔術の使い方、効率、何もかも。そして第二聖女の魔術は、攻撃のための魔術になっていなかった。

こうなればいくら魔力量があっても意味はない。こちとら実戦で使える魔術を研究し続けてきたのだ。甘く見てもらっては困る。

「マリーヌに手ぇ出しといて、覚悟はできてるんでしょうね？」

「……ひぃっ！」

私が睨みつけると、第二聖女は恐怖を露《あら》わにした。後ずさりながら次々と攻撃を繰り出すが、どれも振り払うだけ。

こうなると楽だ。あちらだけどんどん魔力を浪費していく。

「いけいけー！　ぶっ殺すッスー！」

「いきなり元気になるんじゃないわよ」

「やっぱり最強はアリシアさんなんスよ！　箱入り娘に思い知らせるッス！」

ずっと私に抱きついていたマリーヌ。やっと顔を上げたと思ったら、すっかり涙は乾いていた。さっきまでしおらしかったのに。

「そのまま追い詰めるッスよ！」

「言われなくてもそうするわよ。そろそろ邪魔だから自分で歩きなさい。離れちゃだめよ」

「アタシはアリシアさんの娘ッスか」

さっきまでは赤ちゃんだったのだが。

マリーヌを体から離し、私は第二聖女の方へと歩き始めた。私は入り口を背にしているので、当然ながら第二聖女は追い込まれるだけだ。

そうして反撃を振り払い続け、やがて第二聖女の背中が洞窟の壁についた。魔力も使い果たしただろう。

「ま、待ってくださいまし！」

ついに第二聖女の目の前まで到達した。さっきまでの余裕はどこへやら、その表情は絶望に染まっている。もはや逃げ場はない。

「聖女の座はアナタに譲りますわ！　あ、お肉とお酒がお好きなのですわよね！　帝国からとっておきの逸品《いっぴん》を用意しますわよ！　それから――」

「マリーヌに謝るのが先でしょうが」

「ワタクシが悪かったですわ！　だからその、命だけは……！」

「都合が良すぎるッス！　こんなやつの言うこと聞く必要ないッスよ！」

隣でマリーヌが調子のいいことを言う。とはいえ都合が良すぎるというのは私も同感だ。

私はさっきのお返しに、第二聖女の周りを炎の壁で覆ってやった。その壁は少しずつ範囲を狭め、第二聖女の恐怖心を煽っていく。

「きゃあああああああああああっっっ……………え？」

甲高《かんだか》い悲鳴の後、気の抜けた声が上がった。私は魔術を解除する。

「炎に見えるだけで全然熱くないやつね、魔術を極めればこんなのもできるのよ。ま、これで懲《こ》りたでしょ」

「……ワタクシを殺さないんですの？」

「別に。マリーヌも無事みたいだしね。あんたなりに事情があったんでしょ？　まずはそれを聞いてからよ。あ、あいつらも気絶してるだけだから大丈夫」

「…………起こしに行ってもよろしくて？」

「どうぞ。わかってると思うけど、反撃しようなんて考えるんじゃないわよ」

第二聖女はコクリとうなずき、軍人たちのもとへ駆けていった。一人一人優しく起こしているあたり、本当は心配していたのだろう。なぜかハルバーも協力してあげている。

私の隣ではマリーヌが呆《あき》れ声で言う。

「自分が殺されそうになったのに、甘過ぎないッスか？」

「そんなの気分悪いじゃない。で、この後はどうすんの？」

「……アタシが決めるんスか？」

「当たり前でしょ。全然状況もわかんないし、ハルバーにもバレちゃったし……結局どっちが聖女をやるかとか、いろいろややこしいんでしょ」

「今アリシアさんが思ってる百倍はややこしいッス」

「だと思ったわよ」

頭を使うのはマリーヌの役目だ。マリーヌは顎《あご》に手を当てて考える。

「そうッスねぇ、やりようはいくらでもあるッスけど……アリシアさんはどうしたいッスか？聖女に戻るッスか？　もうやめちゃうッスか？」

「そうねえ……」

マリーヌの無事しか頭になかったので、聞かれてみると困った。これまでの聖女生活を思い出してみる。

国民たちの前に駆り出されて意見を聞いたり、外交に出向いたり。後は美味《おい》しいものを食べたり、ふかふかの布団で眠ったり。

　第二聖女が現れる前に戻ると考えれば、楽しかったことも多い。だけど。

「……案外軍にいる方が気楽だったりするのよねえ。どうせならローズを聖女にできない？」

「そりゃ無理ッスね」

「そうよねえ」

　私の一挙手一投足により、国の方向性が変わりうる。その責任は重大だった。だとしたら、第二聖女こそが聖女にふさわしい……いやそっちも偽者らしいし……。

「ああもう、やっぱりわかんない。あんたに任せたいんだけど、一つだけ注文しとくわね」

「何スか？」

「一番国のためになる方法を選びなさい。わかった？」

　これが今の私に出せる結論だった。

　私に聖女が務まるのか、軍に戻った方がいいのか、私にはわからない。私とマリーヌが力を合わせれば何だってやれる気もするけど、それはそれとして最善策は他にあるかもしれない。マリーヌならきちんと判断してくれるだろう。

　だけどきっと、何よりも一番大事なのは——人々が笑顔で過ごせること。この聖女生活でそう思った。そのためなら、私がやることは何でもいい。

　私の言葉を聞いたマリーヌは、やれやれ、とでも言いたげに目を細める。

「なんか、やっぱりアリシアさんはアリシアさんッスねぇ」

「どういう意味よ。馬鹿にしてんの？」

「何でもないッス。任されたからには一番面白い方法を選ぶッスよ！」

「あんた話聞いてなかったでしょ」

「ちなみにもう方針は決まったッス。まずはハルバーと第二聖女を説得するところからッスかねぇ。これから面白くなるッスよ！」

頭の回転、そして切り替えの早さはさすがである。

いきいきと不敵な笑みを浮かべるいつも通りのマリーヌを見て、私も頬が緩んだ。

Epilogue
エピローグ

Narisumashi SEIJOSAMA no JINSEI GYAKUTEN Keikaku

「改めて、これより聖女召喚の儀を執《と》り行う！」

フロール王国の宮殿に臨《のぞ》む大広場に、フィルシオの力強い声が響き渡った。広場の中央には大きな祭壇が設けられ、無数の民衆がそれを取り囲んでいる。

一見、つい数週間前と同じ光景。しかし大きく異なるのは——二人の聖女が並び立っていることだ。

「第一聖女様、そして第二聖女様。民《たみ》へのご説明をお願いいたします」

フィルシオは祭壇の中央に立つ二人の聖女に語りかける。

その姿は対照的だ。第一聖女は白い衣装に身を包み、可愛らしい微笑をたたえている。第二聖女は黒い衣装に身を包み、凜々《りり》しい表情で人々を見下ろす。

かつては自分こそが本物だと主張し、敵対していた二人。しかしそんな雰囲気は一切ない。

「もちろんです。まずは私から説明いたします」

先んじて、第一聖女が穏やかに口を開く。

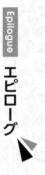

「皆様は、私たちのどちらかだけが本物の聖女であり、その座を争っている、そう理解されていると思います。しかしながら、今はそうではありません。私たち二人ともが聖女なのです」

民衆たちはわずかにざわめくが、第一聖女の言葉に聞き入る。

「本来、聖女召喚の儀により、天界から私たち二人ともが召喚される予定でした。ところが、魔術実行の際に一人を召喚できる分の魔力しか用意されなかったため、私のみが召喚されることになりました。そして、聖女は召喚の際に天界の記憶を失うため、お互いのことを忘れてしまっていたのです」

その言葉を受け、第二聖女が引き締まった声色で続ける。

「先日、第一聖女こそが偽者であるという噂が流れました。しかし私も、その噂を信じ切れないでいた。ゆえにその後、二人で改めて神託を授かりに行ったのです。そしてそこで、私たちは同じ神の声を聞きました。私たち二人ともが聖女であり、神の名のもとに聖女としての務めを果たすように、と。これ以上の説明は必要ありませんね」

「ありがとうございます。それでは、お二人ともが聖女であり、フロールの発展に力を貸していただけるということでよろしいでしょうか？」

「ええ」

「間違いありません」

「大変ありがたいお言葉です。しかしながら、ここで一つ問題があります。これまでは暫定《ざんてい》的に第一、第二とお二人を呼び分けていましたが、それを続けるのは失礼に存じます。お二人ともが聖女様であるとわかった今、いかがいたしましょうか」

「些細《ささい》な問題ですね。ですが、貴方《あなた》たち人間にとって重大な事柄であることは承知しています」

今度は第二聖女が先に答えた。

「本来私たち聖女に名はありませんが、区別するための名が必要でしょう。私は、聖書に記された原初の聖女、セレスの名を賜《たまわ》ります。以後はセレスとお呼びください」

そう言ってから第一聖女に目をやる。第一聖女は小さくうなずき、微笑んで言った。

「民《たみ》の皆様の声もあります。私は、先の戦争で散ったフロールの英雄――アリシアの名を賜りましょう。これからはアリシアとお呼びください」

初めて広場に「「「おおっ!」」」という大きなどよめきが起こる。

誰も予想していなかったが、同時に納得感もあった。もとより第一聖女は人々の間で、アリシアの再来だと謳《うた》われていたからだ。

「それではアリシア様、セレス様。最後にお二人から、改めて民への声を頂戴《ちょうだい》いたします」

フィルシオがそう促《うなが》すと、二人はお互いの目を見て、うなずき合った。

それから手を取り合い、繋いだその手を高く掲《かか》げ、人々に宣言する。

「貴方たちも知る通り、私たちは得意なことが異なります」

「だからこそ、二人の力を合わせることで、最大限フロールに貢献できると信じています」

「その暁《あかつき》には、私たちがこの国に秩序をもたらし！」

「誰もが肉と酒を楽しめる明るい社会を作ります！」

──その言葉に、広場を覆《おお》い尽くすほどの歓声が沸き上がる。

前回のように一悶着《ひともんちゃく》起きることもなく、こうして儀式は大盛況のうちに幕を閉じた──。

＊

「あああああああああああああああああ疲れたもう！！！」

そう思い切り叫んでから、私は空《から》のジョッキをテーブルにドンッと置いた。

「マリーヌ、次！」

「まだ開けてる途中ッス、その間に肉でも食べるッスよ」

「言われなくてもそうするわよ！」

私は骨付き肉を素手で握り、大きく口を開けて頰張った。人生で一番幸せな瞬間だ。

隣に座るマリーヌが新しいワイン瓶を開け、グラスに注いでくれる。何杯目かはもう忘れた。

「いやぁ、今日は一段と良い飲みっぷりッスね」

「当ったり前でしょ！　聖女になってから一滴も飲めてないのよ？　今までの分まで飲みまくるわよ！」

そう。聖女になってからご飯は美味《おい》しくなったが、お酒を飲む機会はまったくもってなかった。ローズから隠れて飲むのは難しいし、何より酔った状態で聖女の演技をやりきれる自信がなかった。鋼《はがね》の心で自重していたのだ。

だが――これからはそんな我慢も必要ない。

なぜなら、ここはマリーヌの家ではなく宮殿の私の部屋であり、今やローズも私の正体を知っているからだ。

「これが、アリシア様の本当の姿……」

「あーあ、完全にフリーズしてるッスね」

私の正面に座るローズは、魂の抜けた目で呆然と私を見つめている。

こんな目を向けられたのは初めてだ。明日から私に対する態度が変わっちゃうかも。まあ肉と酒の美味しさに比べれば些細なことである。

そして、同じテーブルを囲んでいるのはローズだけではない。

「……俺たちはいったい何を見せられているんだ」

「まったくですわ」

白けた目で私を見てくるのはハルバーとセレスティーナ。お高くとまり、グラスに注がれたワインは半分も減っていない。

それにしても、みんなナイフとフォークを使ってお上品に食べている。骨付き肉をベッタベタの手で貪《むさぼ》り食うのが一番美味しいのに。育ちが良いのも考えものである。

今日集まっているのはこの五人。言うなれば――秘密を共有する仲間だ。

「さてと、アリシアさんもいい感じに酔ってきたんで、そろそろ本題に入るッスかね」

「……それ、私が酔う必要あった？」

「今の気分は？」

「最高」

「じゃ、まずは今の状況をまとめるッスね」

私を軽くあしらってマリーヌが話を続ける。むう。

「聖女召喚の儀をやり直して、無事に聖女二人体制で落ち着いたッス。敵対関係から一転したッスけど、アタシが新聞で後押ししたのもあって、国民も納得してたッスね」

「……まさかフィルシオ様を欺《あざむ》くことになるとはな」

ハルバーが苦々しい表情で言う。

私たちのことはフィルシオ様にも話していない。マリーヌが言うには、理解が得られるならそれに越したことはないが、どう反応するか読めないからだとか。まあそうかもしれない。

続いてマリーヌはセレスティーナを見た。

「問題は帝国の方ッスけど……帝国にはセレスの方から、無事に聖女の地位に就《つ》くことができたと報告させたッス。アリシアさんの正体は他国から亡命してきたはぐれ魔術師、その証拠を突きつけて従わせた上で、利用価値があるから並立《へいりつ》の形をとっているが、実質的な国の支配権はセレスが握っている……と。そうッスよね？」

「……相違ありませんわ」

次に苦々しい表情を浮かべたのはセレスティーナ、改めセレスだ。聖書からちょうどいい名前を拾ってきたものだが、短くて呼びやすいので私たちの間でも定着しつつある。

そんなセレスは、帝国を裏切る形になったわけだが。

「そんな顔をされる筋合いはないッス。帝国の回し者だった罪を不問に付《ふ》してあげるんスから、むしろ感謝してほしいくらいッスね」

「……わかっています。もとより帝国にワタクシの帰る場所はありませんし、ワタクシにとってはこれ以上ない落としどころですわ」

「まったくッスよ。アリシアさんの優しさに感謝するッス」

「私は関係ないでしょ。人質になったのはマリーヌだし」

「それもそうッスね。この貸しは大きいッス。しっかり返すッスよ」

ヘラヘラと笑うマリーヌを見て、私はセレスに心底同情した。この貸しは何倍にも、いや何百倍にも利子をつけて返す羽目になるだろう。

「ま、とにかく」

そう言ってマリーヌはパチンと手を叩いた。

「これで全部うまくいったッスね。聖女の地位を確立して、帝国からの警戒の目もいったんは回避。フロールの未来は明るいッス」

聖女になってからいろいろなことがあったが、その総まとめのような言葉だ。

すべての決着がついてからの諸々《もろもろ》はすべてマリーヌの指示。さすがはマリーヌと言うべきか。

「これからはこの五人で協力して国を導いていくッスよ！」

「待ちたまえ」

マリーヌの言葉をハルバーが遮《さえぎ》った。視線が集まる中、ハルバーは眉をひそめながらマリーヌを指さした。

「そもそも君はアリシアの共犯者であり、本来死刑に処されるべき人間だ。そんな君がなぜこの場にいる？　おかしいだろう」

「えー、それを言ったらアリシアさんとセレスもじゃないッスか」

「アリシアの力は国にとって有益だ。また、セレスティーナが持つ帝国の知識はフロールの発展に大いに役立つ。この二人が聖女として国を導くことに異論はない。だが、もはや君は不要だろう。聖女のサポートは俺やローズで十分務まる。そもそも国政の舵取《かじと》りは俺たち貴族の仕事だ」

なかなかの言い草である。貴族どうこうはともかく、言いたいことはわからないでもない。

対してマリーヌは怒ることもなく、挑発的に目を細めた。

「悲しいッスねぇ。そんなこと言われちゃったら、フロール・ゴシップスに書いて洗いざらいぜーんぶ暴露しちゃうかもしれないッスねぇ？」

「それは……」

ハルバーは口をつぐんだ。やはりハルバーもマリーヌには逆らえないのか。

「そういえばあんた、結局新聞には何にも書かなかったわね。いかにもあんたが好きそうなスクープだけど」

「簡単に言うッスねぇ。そんなことしたらヤバいことになるッスよ」

マリーヌはわざとらしく肩をすくめる。なんかムカつく。

「国内が大混乱するのは間違いないッスけど、もっと怖いのは帝国ッスね。フロールと同じやり方で支配してる国もあるッスから、そんな噂が出たら有無《うむ》を言わせず火消しにかかってくるッス。具体的には、本気で攻め滅ぼしに来るかもしれないッスね。もちろんセレスは切り捨てられるッス」

「……よくわかんないけどヤバそうね」

「新聞の影響力をナメちゃいけないッスよ」

淡々と言うのが怖い。だが少し意外でもある。

「それでもあんたなら『その方が面白いッス～』とか言ってばら撒《ま》くもんだと思ってたけど。丸くなったもんね」

「それくらいの分別はあるッスよ。ま、気が変わる可能性もゼロじゃないッスけど」

マリーヌはニヤつきながらハルバーを見る。

関係は最悪だったが、同じ軍にいたよしみだ。ハルバーには忠告しておいてあげよう。

「こいつはやるときはやるわ。敵に回さない方がいいわよ」

「ひどい言い草ッスねぇ。ついでに言うと、アタシに変なことしたらアリシアさんが怒るッス。意外と怒らせたら怖いッスよ」

「……どちらも敵に回したくはないな」

失礼な。こんなのと一緒にしないでほしい。

「そういうわけで、今からアタシたちは運命共同体ッス。今日のところは酒でも飲んで親睦《しんぼく》を深めるッスよ！」

マリーヌは良い笑顔でいけしゃあしゃあと言う。他の選択肢なんて与えてないくせに白々しい。

とはいえ、私にとってはお酒を飲める滅多《めった》にない機会なのだ。だいぶ頭も回らなくなってきたが、飲めるだけ飲もう。

――そう思った時、今までフリーズしていたローズが突然大声を上げた。

「やっぱり納得できません!!」

「お、生き返ったッスね」

マリーヌを見て頬を膨《ふく》らませる。

「アリシア様の専属メイドは私です！　なのに、裏でずっとアリシア様をサポートしてて、アリシア様のことを何でも知ってて、しかも幼馴染みだなんて……ズルいです！」

「何が？」

「兄さんもそう思いますよね!?」

「……俺に聞かれても困る」

よくわからない理由で食ってかかるローズに対し、マリーヌはニヤニヤと挑発する。

「アリシアさんのことなら何でも知ってる、まさしくその通りッスよ」

「わ、私だって、フロール・ゴシップスをすべて読んで――」

「全部アタシが書いてるッスけどね」

「……むーーー！」

ローズは涙目で唇を尖《とが》らせる。なんというか大人げない。

すっかりマリーヌのおもちゃにされちゃって可哀想に。そう同情していると、マリーヌが私をチラッと見た。

――なぜか嫌な予感がした。

「例えば、昔アリシアさんがくれた手紙なんてのも一字一句覚えてるッスよ」

「手紙？　何それ？」

「『マリーヌへ。直接言うのは恥ずかしいので、手紙で伝えます』」

「……？」

何やら可愛い子ぶった声を作ってマリーヌが語り始める。

額《ひたい》に嫌な汗が滲《にじ》んだ。思い出せないが、頭の隅っこをつつかれるような感覚。

「『私はずっと一人でした。みんな私を怖がって、一緒に遊べる友達もいませんでした。だけど、そんな世界をマリーヌが変えてくれました』」

「……あ」

「『マリーヌはとっても面白くて、優しくて、マリーヌに出会ってからいつも楽しいです。私と一緒にいてくれてありがとう。ずっと友達でいようね』」

「わあああああああああああああああああああああああ!!!」

すごい声が出た。ありえないくらい一気に酔いが覚めた。

「アリシア様がそんな手紙を……？」

「違う！　違うから！」

「違わないッス。起きたら枕元に置いてあったッス」

「あんたは黙っときなさい！」

顔が真っ赤になっているのが自分でもわかる。封印していた記憶が完全によみがえった。

あれは気の迷いというか、昔の私がアホだっただけ。マリーヌとはこいつの本性がわかった時点でさっさと縁を切っておくべきだったのだ。

というか、出会ったばかりの頃のことなのに、なんでそんな大昔のことを覚えているのか。

「昔は可愛げがあったんスけどねぇ。この手の話はまだまだあるッスよ、聞きたいッスか？」

「うぅ……悔しいですけど聞きたいです！」

マリーヌは標的を私に変え、さらにはローズを味方に引き入れようとしている。というかこれ以上封印を解かれると私の心が持たない。なんとしてでも阻止しなければ。

……ちょっと最近、マリーヌにナメられすぎてる気がする。そろそろ痛い目に遭《あ》わせないと。

「ねえローズ。せっかくだし、私たちが昔やってた遊びを見せてあげるわ」

「遊び、ですか？」

「ええ。その名も――地獄落とし」

その言葉を聞いた瞬間。マリーヌは咄嗟《とっさ》に立ち上がり、ローズの椅子の後ろに隠れた。

「だめッス！　あれだけは嫌ッス！」

「ど、どんな内容なんですか……？」

「とっても楽しい遊びよ。マリーヌを高い所から落として、地面ギリギリで受け止めるの」

「あれは遊びじゃなくて拷問ッスよ！」

いつもヘラヘラしているマリーヌが涙目で身を震わせる。まあ半分くらいの確率で失神するので、あながち間違いでもない。

「怒らせると怖い、とは本当のようだな」

「まったくですわね」

「呑気《のんき》なこと言ってないで止めるッスよ！」

「観念しなさい、行くわよ」

「あー、体が動かないッス。これだから魔術師はズルいッス」

魔術の前にマリーヌは無力である。マリーヌを雑に抱きかかえ、窓から飛び出した。

ひたすらに高度を上げていく。雲ひとつない綺麗な星空に近づいていく。

「満天の星々の下でお姫様だっこ、ビジュアルだけは完璧ッスね……ってこれ、昔より高くないッスか？」

「そりゃあ私だって成長してるし。うん、こんなもんかしら」

王都全体が見渡せるくらいの高さまで来て、私は上昇をやめた。昔より五倍は高いだろう。

チラリと下を窺《うかが》ったマリーヌが息を呑み、一気に顔が青ざめる。そんなマリーヌを見ているだけでゾクゾクした。

「酷《ひど》いッス！　あんなにアリシアさんのために頑張ったじゃないッスか！」

「そもそも聖女をやらされたのも全部あんたのせいじゃないの」

「なら、なんで聖女を続けるって言ったんスか」

「……まあ、軍人時代が酷すぎたし。でもこれでようやく落ち着けるわね。これからは絶対バレないようにひっそり生きていくわよ」

「何言ってんスか、これからが本番ッスよ。このつまんない世界を丸ごと変えるんスから」

「……はあ？」

思いがけない言葉に素《す》っ頓狂《とんきょう》な声が出た。世界を、変える？

「帝国をぶっ潰《つぶ》すッス。世論をひっくり返し得る真実に加えて、帝国の内部事情にアクセスできるセレス、そしてアリシアさんの力。手札はこれ以上なく揃《そろ》ってるッスよ」

確かに、帝国はこの世界の盟主であり、帝国を揺さ振ればフロールを含めた周辺国も揺らぐかもしれない。かもしれないが……。

「呆《あき》れた。さっきは何もしないって言ってたじゃない」

「そりゃあ今すぐやっても無理ッスよ。カードには切るタイミングってのがあるッス」

「その計画、私以外には相談したの？」

「まさか。どうせ今言っても反対されるッスから、引き返せなくなってから巻き込むッス」

「最低」

「あくまで主犯はアタシたちッスから。何より」

マリーヌはニヤリと、心から楽しそうに笑った。

「貴族中心の世界を孤児二人がひっくり返すなんて、最ッ高に面白いじゃないッスか！」

……前言撤回、丸くなったなんてとんでもなかった。出会った頃から何にも変わっていない。

やっぱりマリーヌはマリーヌだ。

――マリーヌの企《たくら》みを聞いて少しワクワクしてしまった私も、何も変わってないのかもしれないけれど。

「……はあ。ここまで来ちゃったし、仕方ないから付き合ってあげるわ。っていうか私を巻き込んだ責任を取りなさい」

「さすがアリシアさん、話がわかるッスねぇ。愛してるッス」

「私はあんたのこと嫌いだけどね」

「『マリーヌへ。直接言うのは恥ずかしいので――』」

「それはマジでやめて」

私の目を覗き込んでニヤつくマリーヌ。こういうところがムカつくのもいつも通りである。

……残念ながら、この厄介な日々はもう少し続いていくことになりそうだ。

「ま、それはそれとして」

「え、ちょっとなんで、アリシアさああああああぁぁぁぁぁぁぁぁぁぁぁぁ」

マリーヌの体が小さくなっていき、その叫び声は夜空に消えていった。

――その後、マリーヌがしばらく口を利《き》いてくれなくなったのは言うまでもない。

（了）

あとがき

皆様初めまして。本作にて「集英社ライトノベル新人賞　IP小説部門」に入選しデビューしました、片沼《かたぬま》ほとりと申します。

実はこちらの新人賞、2022年に大リニューアルしたばかりで、IP小説部門もその時に新設された部門。本作はその最初の受賞作であり、リニューアル後の先陣を切らせていただきました。節目を祝わせていただくようで光栄な限りです。

さて、突然ですが——デビュー作というのは作家にとって特別なものです。

なにせ、デビュー作は一人の作家につき一つしかありません。デビュー作の出来や売れ行きにかかわらず、あるいはその後に書いた作品がどれだけヒットしたとしても、代表作は変われどデビュー作が変わることは一生ないのです。すごいですよね。

だからこそ、僕は誰かのデビュー作を読むとき、普段とは違う力が入ります。

その作品は、その作家がその後に書いたどんな作品よりも、作家自身を表している。「俺はこんなのが面白いと思う」が全力で込められている。そう感じながら読んでいます。

本作を「新人賞受賞作だから」という理由で手に取ってくださった読者さんがもしいらっしゃれば、共感していただけるかもしれませんね。

そんなデビュー作で——今の自分が心から面白いと思える作品をお届けできたことを、とても嬉しく思います。

いやもうホントに好きです。シチュエーションも、ストーリーも、キャラクターも、コメディも、シリアスも。好きなもの、好きなバランスで原稿を満たしました。

特に気に入っているのはアリシアとマリーヌの関係性ですね。昨今は新たな出会いから始まるバディものがどちらかと言えば主流と感じていますが、お互いを知り尽くした幼馴染みバディからしか摂取できない栄養素が確かにある。それが女の子同士ならなおさらお得！

と、長くなってしまうのでこれ以上は語りませんが、要するに……嗜好《しこう》的にも、もちろん技術的にも、今の自分が持つ全力を出し尽くしました。これが今の僕のすべてです。

本作を読んで、「ほほう、また一人面白い作家が現れたな」と思ってくださった方がいらっしゃれば幸いです。

そして、できれば覚えておいてください。いつかは「この人の作品、デビュー作から読んでたんだぜ」と自慢できるような作家になりますので。

最後に謝辞です。

まずは、新人賞で本作を見出《みいだ》してくださったダッシュエックス文庫編集部さん。

そもそもリニューアルでIP小説部門が新設されていなければ、僕がこの作品を完成させることはなかったかもしれません。

そんな本作を拾っていただいたこと、もちろんその後も様々な方のご尽力があり出版までたどり着いたこと、感謝せずにはいられません。

そして、本作を担当いただいた編集者のTさん。

右も左も分からないヒヨッコ作家ゆえ、いろいろとご迷惑もおかけしましたが、おかげさまでこうして満足のいく作品ができあがりました。これからもよろしくお願いいたします。

最後に、本作を素晴らしいイラストで彩ってくださったあさなやさん。

キャラデザが届いた瞬間、誇張なしに世界が色づきました。おかげさまで十ページ相当以上のアイデアが湧き出てきて、前よりも断然面白くなりました。感謝しかありません。

そして最後の最後に、ここまで読んでくださった読者様にも多大なる感謝を申し上げます。

その上で図々しくお願いをすると、ツイッター（現X）やネット書店レビューなどに感想を載《の》せていただくとさらに喜びます。というか本作でなくても、面白かった作品があればどんどん広げましょう。それが世界平和の第一歩なので。たぶん。

それでは、またどこかでお会いできることを願って。

片沼ほとり

この作品の感想をお寄せください。

あて先　〒101-8050　東京都千代田区一ツ橋2-5-10
集英社　ダッシュエックス文庫編集部　気付
片沼ほとり先生　あさなや先生

ダッシュエックス文庫

なりすまし聖女様の人生逆転計画
片沼ほとり

2024年2月27日　第1刷発行

★定価はカバーに表示してあります

発行者　瓶子吉久
発行所　株式会社　集英社
〒101−8050　東京都千代田区一ツ橋2−5−10
03(3230)6229(編集)
03(3230)6393(販売／書店専用) 03(3230)6080(読者係)
印刷所　大日本印刷株式会社

ISBN978-4-08-631540-1 C0193

豪華寄稿陣による
スペシャルアート掲載!!
寄稿作家一覧（50音順・敬省略）
碇マナツ　タケウチリョースケ
92M　千種みのり
桜井のりお　肉丸
40原　猫麦
じゅん　八木戸マト
カバーはこちら!!
祝！小説化!!!
小説『ボロボロのエルフさんを幸せにする薬売りさん』
Dying elf & apothecary

で、用件はなんなんだ
まぁお偉いさんから厄介なモン押しつけられちまってね
コレ。
散々弄ばれて捨てられたエルフだ
原作マンガを
ぎばちゃん先生
全面監修の元
フルカラー化!!
・リズレ
薬売りさん
比べると
なってきたのでは
場面をイメージし
の介抱に必要な時間
営業も元通りになっ
をする日中は、彼女には
充填しつつ休養する日々
中!!
本書だけの
新規描きおろし
マンガ＆イラスト
掲載!!

カバーは
こちら
!!!!!
ぎばちゃん
Gibachan
ボロボロのエルフさんを
Dying elf & apothecary
幸せにする薬売りさん
デジタル限定コミックス
『ボロボロのエルフさんを幸せにする
薬売りさん　カラー版』
（ヤングジャンプコミックス DIGITAL 刊）
大好評発売